译文经典

白 夜
БЕЛЫЕ НОЧИ

Ф. М. Достоевский

〔俄〕陀思妥耶夫斯基 著

荣如德 译

上海译文出版社

译本序

您刚刚打开了这薄薄的一篇小说，我在准备为她①作译本序或译后记时，情知有些读者压根儿不读这类文字。无非是报一通作者的生卒年月，传略概述，何时登上文坛，此外还有哪些作品，等等，等等，全是老一套的流水账。这也难怪。有的读者此前已经浏览过作者洋洋数十万言的鸿篇巨制，更不指望领略什么新鲜感。因此，笔者打算把话题扯远些，从我最初接触《白夜》时产生的联想聊起。当然，此举恐怕凶多吉少，套用一句从前话本小说中常见的夸张说法，叫作"担着血海也似的干系"（如今的表述方式大概是：冒着败得更惨乃至全军覆没的风险）。不管怎样，至少笔者对于后果是有心理准备的。

　　我在上世纪五十年代就直接从原文读过陀思妥耶夫斯基的《白夜》，没过多久又看到了苏联艺术家们根据原著改编摄制的电影（译制片），直到十年浩劫之后的八十年代，出版社计划把苏联从一九五六年开始编印、到彼时早已出齐的十卷本陀氏文集通通翻译过来，对我的要求大意似乎是"主其事"。我则不置可否，仅表示不妨先从中短篇着手，有点像运动员在大战来临之前"热身"那样。于是就有了一九八三年六月初版的《陀思妥耶夫斯基作品集·中短篇小说二》（先于同一套书中的《中短篇小说一》问世），对应的是苏联十卷本文集中的第二卷全部，共收入五个中短篇，我译了其中的四个，包括《白夜》在内。当年我初读俄语原文的《白夜》，前后数次观看《白夜》的译制片（有一次是《文汇报》组织的读书会上放的影片，拷贝已经很模糊了，会后主办方的陆灏君还硬把主讲人应得的"劳务费"塞给我），

---

① 敝帚自珍。我不忍心用一个冷冰冰的"它"字替代这小可怜儿。

以及八十年代翻译《白夜》的时候，总会联想到一部中国电影史上占有重要地位的国产片《小城之春》。原因何在？最直接的原因是：《小城之春》全片仅五个角色登场，而在《白夜》的小说或影片中出现的人物也多不到哪儿去。但更深层次的渊源关系则恐怕说来话长，很难在这样一篇短文中充分展开。

接下来我要深深地感谢一位读者，他来信指出拙译的《白夜》初版文本中一处重大错误。过去，我曾在很长时期内把"孕"字的上半部分写得与"盈"字的上半部分一样，原因我想不言自明，毋庸赘述了。与此相类似，对"星罗棋布"这个成语，我原先的理解就存在很大偏差，但由于从未接受过真正的检验，一直没有暴露出来。偏偏《白夜》的原文一开头便出现将俄文"星"的形容词置于"天空"之前这样的短词组，老老实实的做法只消直译成"星空"即无大谬。然而我看到这一短小词组，当时简直以为作者很可能通晓汉语，于是认定最佳选择就是把它还原成"星罗棋布的天空"，直到这位读者来信中"星罗棋布形容的对象必定是复数"（大意）这句话驱使我去查了汉语词典，方知自己闹了个"含金量"极高的国际大笑话。这在我的译书生涯中并非绝无仅有。我也曾把 WASP 四个大写字母所代表的 White Anglo-Saxon Protestant 的缩称（指祖先是英国人的美国白种新教徒），在明知必错无疑的情况下，按当时唯一收有 WASP 这一词条的释义写上去，那就是 Women's Air Force Service Pilots（指空军女飞行员），因为不适合的释义至少也是一种依据。我也曾把纽约一位著名摄影师的姓氏附会到希腊的地名上。这里举出的只是我认为错得最离谱、最荒唐、最不可原谅的几个例子。有的是读者指出，有的是专家匡正，有的是自己偶然发现。我一直想把它们公之于世，即使必定会被人斥为作秀也在所不惜。写到这里，我顿时感到轻松不少。

那么，关于陀思妥耶夫斯基，关于《白夜》，我究竟能说些什么呢？一提到这位心理分析的先驱者，洞悉幽微的观察家，尽管他本人深陷癫痫沉疴，人们捧着他的中后期代表作如果真能潜心读进去的话，兴许会产生自己一丝不挂地站在他面前的那种感觉。可他又远远不是一位忠厚长者，脾气非常坏，他的那位医生父亲是被忍无可忍的农奴们活活打死的。陀氏自己不忠于妻子，还是一名无可救药的赌徒。然而，据英国或别的英语国家媒体在二十世纪与二十一世纪之交所作的一项统计，除《圣经》以外，全世界（或所有的英语国家）出版的书籍中，发行量最高的一百本书分别属于大大少于一百位的不同作家，但这一百本书占据着一百个席位，占有席位数最多的作家是——对，陀思妥耶夫斯基！台湾名作家白先勇先生也在与之差不多的世纪之交接受《文汇报》（或《文汇读书周报》）的记者专访。记者问白先生认为对自己影响最深的作家是哪两位（中外各一位），影响最深的作品是哪两部（中外各一部）。白先生答曰：作家是曹雪芹与陀思妥耶夫斯基，作品是《红楼梦》与《卡拉马佐夫兄弟》。

诚然，陀氏对世界的影响力主要来自中后期那些皇皇巨制。但陀氏的形象也因之而老是蒙上阴郁、乖戾、凄凉乃至惨烈的魅影，令人不寒而栗。有鉴于此，笔者才诚挚地请您花极有限的一点时间，读一读宛如从另一位作家笔端漾出的《白夜》（那时他确实是自己书写，并不是后来那样完全口述）。"她"是那么轻盈，那么率真，不沾半点儿心计的边儿，不时会冒出那么一点儿傻气，一言以蔽之，"她"是那么阳光，与上述那些皇皇巨制的反差太大了，简直有霄壤之别，应毋庸高人指点即可一览无余。以第一人称口吻叙事的那位幻想家，目睹梦想即将成真的一刹那间终于化为泡影，却能坦荡荡地成人之美，慨然放弃一哭二闹三上吊的无聊表演，更谈不上什么"自己得不到的，别人也休想得到"之类的"豪气"。这一诺，何止值千金，那是足足一分钟净化心灵的欣悦啊！这难道还不够一个人受用整整一辈子吗？

荣如德

再过二十几天，按中国人的传

统说法就算一个八旬老人了

白　夜

……上帝创造此君

莫非为了给你的心

做伴于短短的一瞬？……

伊凡·屠格涅夫①

第一夜

那是一个奇妙的夜晚，亲爱的读者，只有当我们年轻的时候，才能有这样的夜晚。星珠错落的天空如此明亮，只要仰首一望，便情不自禁地要问一问自己：在这样的天空下，难道会有各种发脾气、使性子的人？这也是一个幼稚的问题，亲爱的读者，非常幼稚，不过但愿上帝促使您多这样问问！……谈到使性子和发脾气的各位先生，我也不能不回忆起自己在这一整天里的德行。打清晨起，我就受到一种莫名其妙的忧伤的困扰。我忽然觉得，大家都把我孤零零地撇下，大家都不理我。哦，对了，每一个人都理所当然地会问：所谓大家指的究竟是谁呀？因为我在彼得堡已经住了八年，却几乎没有结交上一个熟人。但是，我要熟人做什么？我本来就熟悉整个彼得堡；正因为如此，一旦整个彼得堡纷纷去乡间消夏，我就产生被大家撇下的感觉。我一个人待着害怕，所以整整三天一直满怀惆怅在城里转悠，全然不知道自己是怎么搞的。我走到涅瓦大街也好，上公园也好，在河滨漫步也好——我一年四季习惯于在一定的时间、一定的地点遇见的那些人的脸一张也看不到。他们当然不认识我，可我认识他们。我对他们相当熟悉；我把他们的面孔几乎研究到了家——他们眉开眼笑的时候，我乐于欣赏；他们愁容满面的时候，我感到忧郁。我跟每天定时在丰坦卡河畔

---

① 卷首的诗句引自屠格涅夫 1843 年所写的一首题为《一朵花》的诗，但与原诗稍有出入。原诗是这样的：

　　要知道，上帝创造此君

　　是为了给你的心

　　做伴于短短的一瞬。

遇见的一个小老头儿差点儿交了朋友。他的面部表情一本正经，若有所思，口中老是喃喃自语，左手不停地摆动，右手则挂着一根很长的镶金头竹节手杖。连他也注意到并关心起我来了。如果我在一定的时间不去丰坦卡河畔的老地方，我敢肯定他会闷闷不乐。所以有时我们差点儿就要互相点头致意，特别当双方心境都比较好的时候。前不久，我们有两天没见面，第三天遇上了，两人正要举手脱帽，总算及时猛醒，放下手来，怀着同感交臂而过。房屋对我也不陌生。我一路走，每一座房屋都好像跑到我前头一条街处，从所有的窗户里望着我，几乎在说："您好；近来身体怎样？至于我，托老天之福，尚称贱安，到五月份要给我再添一层楼呢。"或者："您近来好吗？我明天可要修理了。"或者："我差点儿没烧掉，真把我吓死了。"等等，等等。它们中间有我的亲爱者，有我的密友；其中一位今年夏天打算让建筑师给它治疗。我定要天天去看看，愿上帝保佑，别让人家把它瞎治一气反而给治糟了！……但是，我永远忘不了一所非常漂亮的粉红色小洋房的遭遇。那是一所可爱的砖石结构的小屋，它总是那样和颜悦色地望着我，那样心高气傲地望着大而无当的邻居们，使我每次经过那里，心中都感到高兴。不料上星期我在街上走，我向那位朋友一看，却听到凄楚的哀叫："他们竟把我漆成黄颜色！"这班恶棍！野蛮人！他们什么都不怜惜，无论廊柱还是墙檐，一概漆成黄色，把我的朋友弄得像一只金丝雀。为这件事我几乎气出黄疸病来。自从我那位朋友被涂上大清帝国的颜色①以后，我至今还不忍去见它给糟蹋得不成样子的可怜相。

读者，现在您可以明白了，我对整个彼得堡有多么熟悉。

我已经说过，我足足有三天心神不定，而后才猜到原因所在。我在街上浑身不带劲儿（因为不是少了这个，就是缺了那个，心中直纳闷儿：某某人到什么地方去了？），在家里也是神不守舍。我花了两个晚上苦苦思索：在我这个角落里究竟缺少了什么？为什么待在里边这样不是味儿？我困惑

---

① 指清帝国旗帜（黄龙旗）的颜色。

地察看屋里熏黑了的绿色墙壁、结满蛛网的天花板（玛特辽娜培育蜘蛛网的劳绩着实可观），认真研究一件件家具，仔细检查每一把椅子，心想：会不会这是问题的症结所在？（因为我屋里只要有一把椅子不在它昨天所在的位置上，我便觉得不自在。）我把窗户也看了，一切都是徒劳……不安半点也没有减轻！我甚至想把玛特辽娜叫来，就蛛网以及总的邋遢现象好好训她一顿；可她只是惊异地对我看看就走了，一句话也不回答，故而蛛网至今在老地方悠然高张。直到今天早晨，我才猜到是怎么回事。啊！原来他们都离开我滑脚到乡下去了！请原谅我用了个俚俗的字眼，可我实在顾不上讲究高雅的辞藻……因为凡是原来在彼得堡的，不是已经走了，便是正要到乡下去消夏；因为我眼看着每一位正在雇马车的仪表庄重可敬的先生一下子变成了可敬的家长，他们日常公干完毕后正轻装前往乡间别墅去同家人共享天伦之乐；因为每一个行人现在都有一种非常特别的神态，他们只差没对迎面遇见的人说："诸位，我们只是路过此地，过两个钟头我们就要到别墅去了。"如果先有白糖也似的纤细手指敲弹玻璃，然后有位模样俊俏的少女开窗探出头来叫唤卖盆栽的小贩，我立即想象得到，买主完全不是为了在闷热的城市住房中惜春赏花，而是很快大家都要到乡下别墅去了，花也要带走。不仅如此，我在这门新的学问方面从事独特的研究取得了长足的进步，已经能够单凭外表准确无误地断定，什么样的人住什么样的别墅。石岛、药铺岛或彼得果夫大道的别墅主人以举止文雅、夏装入时以及他们进城所乘的马车富丽为其特征。帕尔戈洛沃和较远的乡居者叫你一看就对他们的明智和稳重产生"深刻印象"；克列斯托夫岛的消夏客则始终保持安详的愉快神态。我有时遇见长长一溜车把势执缰牵马懒洋洋地走在车旁，车上所载的桌子、椅子、土耳其沙发和非土耳其沙发等各式家具以及其他家什堆成了山，而山巅上往往高坐着瘦小的厨娘，像保护眼珠一般看守主人的财产；我有时看着满载家用杂物的船只，或沿涅瓦河、丰坦卡河滑行，或在黑溪、岛屿前浮运，——车也好，船也好，在我眼睛里会增至十倍、百倍；仿佛一切都启动出发，结成浩浩荡荡的车队、船队纷纷前往别墅消夏；仿佛整个彼得堡大有变成一片荒漠之势，以致我终于感到羞愧、委屈和郁悒；我没有任何别墅可去，去了也没有任何事情可做。我愿意搭任何一辆大车，随同任何一位正在雇车的仪表堂堂的先生前往；可是没有人，绝对没有一个人邀请我；我好像被忘掉了，好像我跟他们真的半点儿也不相干！

我走了好多路，花了好多时间，照例已完全忘了自己在什么地方，不料竟来到关卡附近。我一时随兴之所至，越过拦路杆，在播了种的田块和草地之间信步走去，居然并无疲劳之感，相反只觉得心头的重压正在卸去。行人都是那样和蔼可亲地望着我，确乎只差没有点头致意；人人喜气洋洋，个个没有例外地抽着雪茄。我仿佛一下子到了意大利，足见自然界对于我这个常带三分病、在市区快要闷死的城里人的影响力之大。

我们彼得堡的大自然，随着春天的来临，会突然把老天赋予它的力量全部显示出来，一下子披上翠绿的盛装，开出五光十色的鲜花，那时自然界有一种无法解释的动人的情致……它不禁使我想起那个病恹恹的姑娘来，您瞧着她，时而会感到惋惜，时而怀着一种同情的爱怜，时而则根本视而不见，但她会在瞬息之间出人意外地变美，美得难以形容，美得出奇，而您在惊讶、陶醉之余不由得会问自己：是什么力量促使这双忧郁、沉思的眼睛如此熠熠闪光？是什么促使血色涌上这苍白、憔悴的两腮？是什么往这线条柔弱的面目注入了激情？为什么这胸脯这样隆起？是什么促使这可怜的姑娘脸上突然焕发出生命力、朝气和美，促使它闪耀起如此火花四溅的笑容？您四顾张望，寻找某人，思量猜测……但这一瞬过后，明天您遇到的也许还是先前那双若有所思、心不在焉的眼睛，还是那张苍白的脸，还是那种顺从、胆怯的动作，甚至是忏悔，甚至是某种令人沮丧的哀怨和恼恨自己一时冲动的痕迹……于是您感到遗憾，这一瞬间的美竟如此急速、如此无可挽回地枯萎了，这美在您眼前的一闪竟是如此虚妄、空幻；您感到遗憾，因为您甚至没有来得及爱上她……

然而，我的夜毕竟比白天强！事情的经过是这样的——

我很晚才回到城里。当我快要走近住所的时候，钟已敲十下。我得经过在这个时刻看不见一个人影的运河堤岸。的确，我是住在城里最偏僻的一个地区。我一路走，一路唱，因为我高兴的时候总是要哼点儿什么曲调，就像任何一个既没有朋友、也没有熟人、在欢乐的时刻无人与他分享喜悦的快活人那样。忽然，我遇到了一件无论如何意想不到的奇事。

路旁，身靠河边的栏杆站着一个女子；她的胳膊肘支在栏杆上，看来聚精会神地望着浑浊的河水。她戴一顶怪可爱的黄色小帽，披一条挺漂亮的黑色肩巾。"这是个姑娘，而且必定是黑头发的，"我心想。她大概没听见我的脚步声，当我屏住呼吸、怀着一颗怦怦直跳的心打她身旁走过时，她甚至没有动一动。"奇怪！"我忖道，"她准是在想什么事情出了神，"忽然，我像一根钉在地上的桩子似的站住了。我仿佛听到低沉的哭声。对！我没听错：那姑娘在哭，过了片刻还传来一阵又一阵的抽泣。我的天哪！我的心紧紧地收缩拢来。尽管我见了女人怕难为情，但在这个时刻也顾不得许多了！……我转身走到她跟前，本来一定会开口说：

"女士！"然而我知道，这个称呼在所有描写上流社会的俄国小说中已经用过何止千遍。正是这一点使我踌躇起来。但在我寻找措辞的当儿，姑娘发觉了，回过头来，恍然大悟，低首垂目，从我旁边沿着堤岸溜了过去。我立即跟上，但她猜到我的用意，便离开堤岸，穿越马路，走到便道上去。我不敢穿过马路。我的心在颤抖，犹如被捉住的小鸟那样。忽然，一个偶然的机会帮了我的忙。

在便道的那一边，离我遇见的陌生女子不远，忽然出现一位穿燕尾服的先生，看来已经到了应该举止庄重的年龄，然而他的步态可说不上庄重。他一路走，一路晃晃悠悠，小心地扶着墙壁。姑娘却快步如箭，匆忙而胆怯，就像一切不愿别人自告奋勇夜里送她们回家的姑娘那样。本来，那位脚步踉跄的先生是决计追不上她的，但是我的运星却诱使他发急蛮干起来。那位先生对谁也没说一句话，突然撒腿飞奔，向陌生女子追上去。姑娘虽然行走如一阵风，但晃晃悠悠的先生愈赶愈近，终于追上了。姑娘发出一声叫喊，——于是……我感谢命运：这一回我右手恰巧执有一根结实而多

节的文明棍。我一眨眼已经到了便道那一边，不请自来的先生一眨眼就认清了形势，考虑到好汉不吃眼前亏，他一声不吭地放慢脚步，等我们已经离他很远了，才用相当强硬的口气向我抗议。但他的话几乎送不到我们耳朵里来。

"把您的手给我，"我对陌生女子说，"这样他就不敢再来跟我们纠缠了。"

姑娘默默地把由于激动和惊慌还在哆嗦的一只手交给我。哦，不请自来的先生！此刻我是多么感激你啊！我向姑娘瞅了一眼：她的模样儿真俊，是黑头发——我猜中了；她那黑色的睫毛上还闪烁着泪珠，那是刚才的惊恐还是先前的悲伤所致，——我不知道。但嘴唇上已经泛起一丝笑意。她也偷偷看我一眼，然后微微红着脸低下头去。

"瞧，刚才您为什么把我赶开？要是我在这儿，就什么事情也不会发生……"

"可我不了解您啊：我以为您也是……"

"现在难道您了解我啦？"

"有了一点儿了解。比方说，我明白您现在为什么

发抖。"

"哦，您一下子就猜对了！"我十分高兴地回答，并且佩服姑娘如此聪明，这在美貌的配合下永远不会是多余的。

"是的，您一眼就看准了是跟什么人在打交道。的确，我在女人面前怕难为情，我不否认，我的心情之紧张，不下于一分钟以前那位先生让您受惊的程度……现在我心里慌得厉害。这简直像一场梦，而我甚至在梦中也料想不到有朝一日会跟一个女人说话。"

"哦？真的吗？"

"是的，我的手在发抖，因为还从来没有像您这样一只娇小可爱的手握住过它。我完全失去了对女人的适应力；不，应该说，我对她们从来就没有适应过；我是个单身汉……我甚至不知道怎样跟女人说话。比方现在，我不知道是否对您说了什么蠢话。您可以直率地向我指出，我预先声明，我决不见怪……"

"不，没有的事，没有的事；正相反。既然您要我开诚布公，那我就告诉您：女人喜欢这种腼腆的性格。如果您想知道得更多的话，我也喜欢这种性格，我不会再把您赶走，直到家门口。"

"您一定能使我一下子变得不再怕羞，"我兴奋得喘吁吁地开始说，"那时，我就跟全部资金告别！……"

"资金？什么资金，做什么用？这可不好。"

"对不起，以后不说了，我这是走了嘴；不过，这也是人之常情：在这样的时刻总想……"

"总想得到好感，是吗？"

"唔，是的；看在上帝分上，请您原谅。请设身处地为我想一想！要知道，我已经二十六岁，可还从来没有真正认识一个人。叫我怎么能够好好说话，说得巧妙、得体？其实，如果一切都露在外面，对您更有利……当我的心要说话的时候，我不善于保持沉默。不过，反正都一样……信不信由您，我没有结识过一个女人，从来没有，从来没有！我只是天天幻想什么时候能遇见一个。啊，可惜您不知道，我曾经这样爱过多少回啊！……"

"究竟怎么个爱法？爱上了谁？……"

"谁也没有爱上，我爱的是理想之中、我梦见的那个女人。我在想象中创造一部又一部罗曼司。哦，您还不了解我！当然，我遇见过两三个女人，要说绝对没有也是不可能的，然而那是什么样的女人哪！她们全都是些光图实惠的女人……说来您一定觉得可笑，我告诉您：我曾几次想跟一位贵族女子在街上很自然地攀谈起来，不用说，要在她只有一个人的时候；当然是羞羞答答、恭恭敬敬而又充满激情地攀谈；向她说，我一个人快憋死了，希望她别赶开我；告诉她，我想了解随便哪一个女人都毫无办法；让她懂得，女人甚至有义务接受像我这样不幸的人怪不好意思的请求。说到底，我的全部要求无非只是对我说两句体贴、同情的话，不要一下子把我赶开，相信我，听完我要说的话，如果要笑我也悉听尊便，但求让我产生一点希望，对我说几句话，只要三言两语，然后哪怕我跟她从此不再见面也无妨！……但是您在笑……其实，我正是为了这个目的才说这些……"

"请不要见怪；我是笑您自己跟自己过不去，您只要尝试一下，也许会成功的，哪怕在街上也行；愈大方愈好……

任何一个善良的女人，只要不是蠢货，特别是只要她当时不在为什么事情生气，您那样怪不好意思地恳求她说上三言两语，她一定不忍心不由分说，立马打发您走开……哟，我说到哪儿去了！她肯定会把您当作疯子的。我是用自己的想法代替了别人的想法。其实，我自己对于人生又懂得多少啊！"

"哦，谢谢您，"我激动地大声说，"您不知道，您这番话为我做了一件多大的好事啊！"

"好吧，好吧！不过，请告诉我，您凭什么认定我这个女人当得起您的……关怀和友情……总之，不是您所说的光图实惠的女人？刚才您为什么下决心向我走过来？"

"凭什么？为什么？您只有单身一人，而那位先生却过于大胆，现在又是夜里：您也会同意，这是一种义务……"

"不，不，在这以前，您不是在那一边就想走近我吗？"

"在那一边？说真的，我不知道该怎么回答；我担心会……告诉您吧，今天我很幸福；我一路走，一路唱；我到城外去了；我还从来没有过这样幸福的时刻。您……但也许是我的错觉……请原谅，不过我还是要提一下：当时我觉得您在哭，我……我听不得这种声音……我的心被攥得紧紧的……哦，我的天哪！难道我就不能替您难过？难道对您产生一种兄弟的同情竟是罪孽？……对不起，我说了同情……总而言之，难道我情不自禁地想走到您跟前，竟会伤害您的自尊心？……"

"够了，别再说下去了……"姑娘说着低下头来把我的手握紧，"都怪我自己谈起这件事来；但我高兴的是您没有使我失望……哦，我家已经到了；我得从这儿拐进胡同；剩下的只有几步路……别了，谢谢您……"

"难道，难道我们再也不见面了？……难道就再也没有下文可续了？"

"瞧，"姑娘笑道，"起初您只想听三言两语，而现在……反正我没什么可对您说的……也许我们还能见面……"

"我明天再来，"我说，"哦，对不起，我已经在提出

要求……"

"是的，您很性急……您差不多在提出要求……"

"听我说，听我说！"我把她的话打断，"请原谅，如果我又对您说出什么不恰当的话来……是这样的：明天我不能不到这里来。我是个幻想家；我在现实生活中拥有的太少了，所以我把像现在这样的时刻看得非常珍贵，不可能不在幻想中重温这几分钟。我将在幻想中怀念您，在幻想中度过整整一夜、整整一星期、整整一年。明天我一定到此地来，正是到这个地方，正是在这个时候，并将沉浸在对今宵的追忆中感到幸福。单是这个地方在我心目中也是可爱的。这样的地方我在彼得堡已经有两三处。有一次我回忆回忆甚至哭起来了，就跟您一样……谁知道，也许十分钟以前，您也是回忆回忆哭了起来……不过，请原谅，我又忘其所以了；可能曾经有一个时候您在此地感到格外幸福……"

"好吧，"姑娘说，"我明天大概会到这里来，也在十点钟。我看，您要来我是禁止不了的……是这么回事：明天我有事需要到这里来。请不要认为是我约您会面的；我向您声明在先，我有自己的事要到这里来。不过……我对您直说了吧：要是您也来的话，这并没有什么不好；第一，可能又会发生像今天这样的麻烦，得了，不谈这些……总之，我无非想见到您……对您说两句话。只是，不知道这样一来您会不会瞧不起我？您会不会想，我这样轻易地跟人约会……我本不想约您，如果不是……算了，就让这一点作为我的秘密吧！不过，先得讲好条件……"

"条件！讲吧，说吧，事先把一切都说清楚；我什么都同意，怎么都愿意，"我兴奋得叫了起来，"我保证依头顺脑、毕恭毕敬……您了解我……"

"正因为我了解您，所以约您明天来，"姑娘笑道，"我对您完全了解。不过，您来必须遵守条件；首先（请您务必按我的请求去做，——您瞧，我说得很坦率），不要爱上我……因为这是不可能的，请您相信。交个朋友我愿意，让我们拉拉手……可是不能恋爱，我请求您！"

"我向您起誓。"我激动地说，并抓住她的小手……

"得了，不必起誓，我知道，您像火药似的一触即发。

我这样说话请不要见怪。您不知道……我也没有一个可以谈谈心、商量商量的人。当然，总不能在街上找人商量，您是例外。我对您十分了解，好像我们已经做了二十年的朋友……您不会使人失望的，难道不是吗？……"

"您瞧着吧……只是我不知道怎么挨过这一昼夜。"

"好好睡一觉；祝您晚安——请记住，您已经是我信赖的人。您刚才所发的感慨很有道理：难道每一种感情，甚至表示一点兄弟的同情都得交代来龙去脉？！您知道吗，这话说得好极了，使我头脑里立刻闪起一个向您和盘托出的主意……"

"看在上帝分上，您到底有什么心事？"

"明天再说。暂时就让这件事作为一桩秘密。这样更合您的口味；至少有那么一点儿像罗曼司。也许我明天就告诉您，也许不……我还要先跟您多谈谈，让我们彼此有更进一步的认识……"

"哦，明天我就把有关自己的一切全告诉您！不过，这是怎么啦？我身上好像出现了奇迹……我在哪儿，我的上帝？换了别的女人，也许一开始就勃然大怒，把我赶走了，而您没有这样做，您是不是为此感到不高兴？您说说看。仅仅两分钟工夫，您就给了我终生受用的幸福。是的！我感到幸福；也许，您促成了我跟我自己的和解，打消了我的疑团亦未可知……也可能这是我一时的心血来潮……反正明天我把什么都告诉您，您将了解全部情况，全部……"

"好，我准时接见；您先开个头……"

"同意。"

"再见！"

"再见！"

于是我们分了手。我走了整整一夜；我下不了决心回家去。我是那样幸福……直到明天！

第二夜

"瞧，这一昼夜您不是挨过来了吗！"她笑着握住我的两只手对我说。

"我到这里已经有两个小时；您不知道，我这一整天是怎么过的。"

"我知道，知道……不过正事要紧。您知道我来的目的是什么？可不是为了像昨天那样闲扯。听我说：往后我们的头脑得清醒些。昨天我把这一切考虑了很久。"

"究竟哪方面不清醒来着？就我来说，我愿意照办；不过，说实在的，我的头脑有生以来还没有比现在更清醒过。"

"真的吗？第一，我请求您不要把我的手攥得那么紧；第二，我向您宣布，关于您，我今天考虑了很久。"

"考虑的结果怎样呢？"

"结果怎样？结果是一切都得重新开始，因为我今天最终认为，我对您还完全不了解，而昨天我的行为简直像个娃娃，像个小女孩子，到头来当然我都怨自己心地善良，也就是说，我把自己夸了一番。我们每次自我剖析照例都这样告终。为了纠正错误，我决定对您作详细全面的了解。但是，由于您的情况不可能从别人那里了解，您必须自己把一切都告诉我，毫无保留。比方说，您是个什么人？快一点，这就开始谈您自己的身世。"

"身世！"我吃惊地嚷了起来，"身世！谁告诉过您我有什么身世？我没有身世……"

"既然没有身世，那就谈谈您是怎样生活的？"她笑着打断我的话。

"压根儿没有什么身世可言！我过的正是通常所说独来独往的生活，也就是光棍一条，——一个人，绝对只有一个人，——您可明白，一个人意味着什么？"

"怎么只有一个人？难道您从未见过任何人？"

"不，见是见到的，可我仍然是一个人。"

"怎么，难道您不跟任何人说话？"

"严格地说的确是这样。"

"您到底是怎么个人，请讲讲明白！等一等，我有点猜到了：您大概跟我一样有个奶奶。她是个瞎子，一辈子哪儿也不让我去，所以我差不多完全丧失了说话的能力。两年前我使了点儿调皮捣蛋的性子，她知道管不住我了，便把我叫到身边去，用别针把我的衣服跟她的扣在一起——从此我们就整天坐在一块儿；她眼睛虽然看不见，却能打毛线袜子，我得坐在她身旁，做针线活或者念书给她听——她有这样一种奇怪的习惯，我被用别针扣住已经两年了……"

"啊，我的上帝，多可怜哪！不，我可没有这样的奶奶。"

"既然没有，那您在家里怎么待得住的？……"

"喂，您不是想知道我是怎么个人吗？"

"是啊，是啊！"

"从严格的意义上说？"

"从最严格的意义上说！"

"好吧，我是一件活宝。"

"活宝，活宝！什么活宝？"姑娘嚷着放声大笑，仿佛她足足一年没机会笑了。"跟您在一起实在有意思！瞧：这儿有一条长椅子；我们坐下谈！这儿没人经过，谁也听不见我们的话，您——开始谈自己的身世吧！因为，您怎么说我也不信；您一定有一段身世，只是您不肯说罢了。首先，活宝是什么意思?"

"活宝?活宝就是怪物,一种极其可笑的人!"我答道,自己也跟着她稚气的笑声哈哈大笑。"有这样一种性格。喂,您可知道什么叫幻想家?"

"幻想家!怎么不知道?我自己就是个幻想家!有时候我坐在奶奶身边,什么乱七八糟的东西都往脑袋里钻进去。我想入非非起来,就好像要嫁给一位中国皇太子……有时候幻想挺有意思!不过,也不能这么说,反正只有天知道!特别在本来就有事情要想的时候。"姑娘添了一句,这一回口气相当认真。

"好极了!既然您会嫁给中国皇太子,那就一定能完全了解我。听我说……可是,可是我还不知道您叫什么?"

"真难为您!这时候才想起问我叫什么!"

"啊,我的上帝!我根本没想到问您叫什么,不问我也觉得挺好……"

"我叫娜斯简卡。"

"娜斯简卡!完了?"

"完了！难道还嫌少？您真不知足！"

"嫌少？不，相反，很多，非常之多，娜斯简卡，既然您对于我一下子就成了娜斯简卡①，可见您是位心地善良的姑娘！"

"这才对！嗐！"

"那您就听着，娜斯简卡，听听这故事究竟有多可笑。"

我在她身旁坐下，摆出一副道貌岸然的正经姿态，开始像背书似的说：

"娜斯简卡，如果您不知道，我可以告诉您：在彼得堡有一些相当奇怪的角落。为彼得堡所有的人照明的那个太阳，似乎照不到这些地方，而是另外有一个新的太阳，像是特地为这些角落定制的，它照耀一切的光也异乎寻常。可爱的娜斯简卡，这些角落里过的仿佛完全是另一种生活，不像我们周围那种沸腾的生活，也许在十万八千里以外某个无人

---

① 姑娘的正式名字（教名）是阿娜斯塔霞，娜斯简卡是昵称。在萍水相逢的人之间一般不用昵称，而应该用教名连父名作为称呼。

知晓的王国里会有，而不是在我们这里，在这个一本正经的时代。这种生活才是十足的大杂烩，既有纯粹的梦幻、狂热的理想，又有……唉，娜斯简卡！……又有平淡无奇的东西，且不说是庸俗透顶的东西。"

"嚯！我的老天爷！好一篇开场白！下面我将听到什么呢？"

"您将听到，娜斯简卡（我觉得我叫您娜斯简卡永远叫不腻），您将听到，在这些角落里住着一些怪人——幻想家。幻想家——如果需要下一个详细的定义的话——并不是人，而是某种中性的生物。幻想家多半居住在不得其门而入的角落里，好像躲在里边连日光也不愿见；只要钻进自己的角落，便会像蜗牛那样缩在里边，或者至少在这一点上很像那种身即是家、名叫乌龟的有趣的动物。照例漆成绿色的四壁已被熏黑，可他就是喜欢这间令人沮丧、烟味呛人的屋子，您说，这是为什么？他的熟人为数不多（最后会全部绝种），当难得有人来拜访这位可笑的先生时，他一见来客总是那样狼狈，面色大变，神态慌张，仿佛他刚在屋子里干了什么犯罪的勾当，不是印假钞票，便是炮制几首歪诗寄给某杂志，同时附上一封匿名信，诡称该诗作者已死，他的朋友认为发表他的遗作是一项神圣的义务，——您说，这是为什么？请问，娜斯简卡，宾主之间话谈不起来，这是为什么？来客在别的场合伶牙俐齿，有说有笑，也喜欢谈谈女人和其他快乐的话题，可是闯到这里来以后弄得摸不着头脑，笑也笑不起来，尖刻的俏皮话也听不见，这是为什么？还有，那位来客八成是他不久前才认识的，人家初次登门，——老实说，在这种情况下第二次也不会再来——而初次登门就窘得要命，纵有随机应变的才智，却只会愣愣地望着主人简直像倒了个过儿的脸；主人自己则完全不知所措，尽管作了艰巨的努力想使谈话变得自然一些、活泼一些，想显示自己对社交界的情况也不是一无所知，也想谈谈女人，至少想用这样的办法投这位走错了地方、不该上他这里来做客的可怜人之所好，然而一切都是徒劳，这是为什么？后来，客人忽然拿起帽子匆匆告辞，说是猛然想起了一件极其重要的事情（其实从来没有过这么回事），好不容易抽出被主人热烈地握紧的手，主人竭力想表示自己的歉意，多少扭转一下已经搞糟的局面，这是为什么？客人呵呵发笑，一出门立即暗暗发誓永远不再来拜访这位怪先生，尽管这位怪先生本质上是个十分出色的好人；同时，来客无论如何不会放过机会纵恣一下自己的想象力，把刚才主人呈现于会见始终的尊容同一只小猫的模样作个比较，那只可怜的小猫被孩子们背信弃义地逮住后，遭到践踏、恫吓和百般欺凌，弄得狼狈不堪，最后钻到椅子底下的黑暗中去躲开他们，在那里足足花了一个钟点竖毛、喷气、用爪子洗它那受了委屈的脸，此后好久还一直用敌对的眼光看待外界，看待生活，乃至看待从主人餐桌上撤下来、由好心的女管家留给它吃的剩菜；这又是为什么？"

"喂，"一直睁大眼睛、张开小口惊讶地听着我说的娜斯简卡，到这时打断了我的话，"喂，我完全不知道为什么会发生这些情况，也不知道为什么偏偏是您向我提出这些滑稽的问题；但我肯定知道的一点是：所有这些奇遇一定都发生在您身上，跟您说的半点也不差。"

"毫无疑问。"我带着再严肃不过的表情答道。

"既然没有疑问，那就讲下去吧，"娜斯简卡说，"因为我很想知道事情的结局。"

"娜斯简卡，您想知道我们的主人公——或者更确切地说是我，因为事情都是鄙人做的，——您想知道，我在自己的角落里干些什么，为什么一位朋友突然来访会使我整整一天寝食不安、茫然若失？您想知道，当我的房门被推开时，我为什么全身一震，脸涨得通红，为什么我不善于接待客人，为什么如此丢脸地被地主之谊的负担压垮？"

"对，对！"娜斯简卡应道，"我正是想知道这些。是啊，您讲得非常精彩，但最好不要讲得这样精彩行不行？因为您这样讲，活像在照本宣科。"

"娜斯简卡！"我勉强忍住笑，用庄重而严厉的语调回答，"可爱的娜斯简卡，我知道我讲得很精彩，可是——对不起，我不会用其他方式讲述。可爱的娜斯简卡，我就像被所罗门王加上七道封条在瓶子里关了一千年的妖精，这七道封条现在终于通通被揭去了。可爱的娜斯简卡，我们分别了这么久（因为我早就知道您了，娜斯简卡，因为我早就在寻找这样一个人），现在，我脑袋里几千个阀门一齐打开，我必须让话像江水一样滔滔不绝地奔流，否则我会憋死的，——而这恰恰表明我要找的正是您，我们是注定了现在要见面的。因此，请不要打断我，娜斯简卡，请顺从地、乖乖地听我说；要不——我就不说了。"

"不——不——不！千万别这样！讲下去！以后我一句话也不插就是了。"

"那我继续讲下去。娜斯简卡，我的朋友，我一天中间有一段时间是我特别喜欢的。那时差不多所有的事情、公务和工作都结束了，大家都急着回家去进晚餐，躺下休息一会儿，一路也想些与晚上、夜里以及全部余暇有关的其他有趣的节目。到了那个时候，我们的主人公——请允许我用第三人称方式叙述，娜斯简卡，因为用第一人称叙述怪难为情的，——到了那个时候，我们这位也不是无所事事的主人公跟在别人后面迈步回家。但是，在他苍白的、似乎有些被揉皱了的脸上浮泛着奇怪的得色。他脉脉含情地望着在寒冷的彼得堡天空中渐淡渐隐的晚霞。我说'他望着'，这话不对：他不是望着，而像是无意识地凝视，似乎感到疲倦，或者注意力同时被别的更有意思的事物吸引住了，故而他对周围的一切只能匀出一眨眼的工夫投以几乎是不自觉的一瞥。他得意是因为明天以前不必去做他讨厌的事情，并且像学童放学后可以去做心爱的游戏、可以放肆淘气一样高兴。娜斯简卡，您只要从旁边瞧他一下，立刻会看到，喜悦的心情已对他脆弱的神经和亢奋的想象产生奇妙的影响。瞧，他开始若有所思……您以为他是在考虑晚餐？考虑今晚怎样度过？他在看什么这样出神？是不是在看一位衣冠楚楚的先生那样潇洒地向乘坐骏马所拉的油壁香车打他身旁疾驶而过的一位女士点头致意？不，娜斯简卡，此刻他才顾不上这些闲事细节哩！此刻他已拥有自己的一套不寻常的丰富生活；他一下子变富了，夕阳斜晖脉脉的临去秋波并非无缘无故这样多情地在他前边一闪，这一闪从他温暖了的心中唤起蜂拥而至的印象。过去，这条路上哪怕是最不足道的细节也会使他吃惊；此刻，他眼里几乎根本没有这条路。此刻'幻想女神'已随兴之所至撒开金色的经线(可爱的娜斯简卡,您如果读过茹科夫斯基①的作品一定知道),并开始在他面前展示从未见过的、光怪陆离的生活图案,也许随兴之所至把他从回家时所走的花岗岩便道带到了水晶七重天亦未可知。现在您不妨试一试把他叫住,出其不意地问他:此刻站在何处,走过哪几条街?他一定什么也记不起来,既不知走过哪几条街,也不知此刻站在何处,只得懊恼地红着脸,而且必定会撒个什么谎挽回面子。所以,当一位很可敬的老太太在便道中央颇有礼貌地叫住他,因迷失路途向他问道的时候,他竟会全身一震,差点儿喊出声来,并且惊恐地环顾四周。他不悦地皱一下眉头,继续往前走,几乎没有留意行人瞧着他纷纷抿嘴暗笑,还冲他的背影说了些什么,也没有留意有一个小女孩提心吊胆地给他让路,睁大眼睛望着他在沉思中咧嘴的傻相和手势,放声笑了起来。然而,还是那位幻想女神在闹着玩儿的飞翔过程中也

---

① 瓦西里·安德烈耶维奇·茹科夫斯基(1783—1852)——19世纪俄国浪漫派诗人。

带走了老太太、好奇的行人、发笑的女孩，带走了就在充塞丰坦卡河的货船上吃晚饭的乡下人（假定我们的主人公当时正好经过那里的河岸），把所有的人和物胡乱织入她的底布，就像把苍蝇缠在蛛网上一般，而那位怪人带着新的收获已经走进自己的安乐窝，已经坐下来进晚餐，并且早已吃好，直到他的女仆，老是愁眉苦脸、若有所思的玛特辽娜已把餐桌收拾完毕，把烟斗递给他时，幻想家方始如梦初醒，并且惊讶地想起他肯定已吃过晚餐，至于做这件事的过程却忽略了。房间里愈来愈暗；他心中空虚而忧郁；整整一座幻想的王国在他周围倾塌下来，没有发出断裂的巨响，没有留下一点儿痕迹，犹同做了一场梦，而他自己也不记得究竟梦见了什么。可是，一种使他胸口隐隐作痛和起伏波动的阴郁感觉，一种新的欲望诱人地撩拨、刺激着他的奇想，悄悄地招来一大群新的幻影。寂静笼罩着小房间；孤独和懒散则为想象提供温床；他的想象在渐渐燃烧，在微微翻腾，一如老玛特辽娜的咖啡壶里的水——她正不慌不忙地在隔壁厨房里张罗自己的厨娘咖啡。接着，想象已经冒起火苗，无一定目的随便拿来的一本书没读到第三页即从我的幻想家手中跌落。他的想象重又调好了弦，重又鼓足了劲，顿时，一个新世界，一种迷人的新生活重又在他面前闪现出灿烂辉煌的前景。又一个梦境——又一次幸福！又一服令人心荡神驰的美味毒药！哦，我们的现实生活有什么能吸引他呢？在他入了迷的心目中，娜斯简卡，我跟您的生活是那样懒散、缓慢、没劲；在他看来，我们全都对我们的命运不满，对我们的生活感到苦闷！确实如此，您不妨观察一下，我们人与人之间的一切乍看起来是多么冰冷、阴沉，活像都在生气……'真可怜！'我的幻想家忖道。他这样想一点也不奇怪！瞧，那些神奇的幻影，它们是那么迷人，那么精妙，那么无边无际地在他面前构成如此出神入化、栩栩如生的图画，而居于这幅图画中心的第一号人物，当然是他——我们的幻想家本人的千金贵体。瞧，多有意思！丰富多彩的奇遇、如醉如痴的幻象层出不穷。您也许要问，他幻想些什么？这又何必问呢！反正什么都有……他在幻想中扮演一个起初得不到赏识、后来被尊为桂冠诗人

的角色：在幻想中与霍夫曼①交朋友；有巴托罗缪之夜②，

有黛安娜·薇侬③，有伊凡三世④攻克喀山城的英雄业绩，有

克拉拉·莫布瑞⑤，有尤菲米娅·邓斯⑥，有面对主教会议的

胡斯⑦，有《罗伯特》中的鬼魂出现⑧（还记得那段音乐吗？

很有坟场的气氛！），有明娜⑨和布伦达⑩，有别列津纳河边

之战⑪，有在 B-д 伯爵夫人家里朗诵长诗的场面⑫，有丹

---

① 恩斯特·霍夫曼(1776—1822)——德国浪漫主义作家。在他的作品中，生
活往往被表现为幻想与现实的奇怪统一体。
② 1572 年 8 月 24 日使徒圣巴托罗缪纪念日的前夜和凌晨，旧教徒(天主教
派)在巴黎大肆杀戮新教徒(胡格诺派)，史称"圣巴托罗缪惨案"。
③ 英国作家沃尔特·司各特(1771—1832)所著历史小说《罗伯·罗伊》中的
女主人公。
④ 伊凡三世(1440—1505)——莫斯科大公。1462—1505 年在位时先后兼并了
其他好几个公国，统一了东北罗斯大部。
⑤ 司各特小说《圣罗南之泉》中的女主人公。
⑥ 司各特小说《爱丁堡监狱》中的女主人公。
⑦ 扬·胡斯(1369—1415)——捷克爱国者、宗教改革家，为创立独立于天主
教会的民族教派被主教会议判处极刑，活活烧死。
⑧ 指法国作曲家梅耶贝尔(1791—1864)创作的歌剧《魔鬼罗伯特》中魔鬼念
咒语召唤埋在墓穴中的修女一场戏。
⑨ 茹科夫斯基根据歌德原著创作的一首同名诗中的人物。
⑩ 俄国诗人伊万·科兹洛夫(1779—1840)所作一首歌谣中的人物。
⑪ 别列津纳河在白俄罗斯境内。1812 年 11 月，自莫斯科西撤的拿破仑残军
在渡过别列津纳河时被彻底击溃。
⑫ 当时沃隆佐娃-达什柯夫斯卡娅伯爵夫人(1818—1856)的沙龙(客厅)是风雅
人物云集的所在。

东①，有克娄巴特拉和她的情人们②，有科洛姆纳的小屋③，有自己的一隅，旁边则有一个可爱的人儿在冬天的晚上听您说话，张开小嘴巴，睁大小眼睛，就像现在您听我说话一样，我的小天使……不，娜斯简卡，我跟您如此向往的那种生活，对他这样一个贪欲的懒人怎么能有吸引力呢？他认为，这是寒伧、可怜的生活，殊不知忧郁的时刻有朝一日也可能临到他头上，那时他为了过一天这种可怜的生活，愿意付出自己所有的幻想岁月，而所换的还不是欢乐，不是幸福，到了那个忧郁、悔恨和无限哀伤的时刻，他也不再挑挑拣拣了。但那个可怕的时光，目前还没有来临，他什么也不要，因为他凌驾于愿望之上，因为他拥有一切，因为他太饱了，因为他本人是绘制自己生活的画家，每时每刻都在按新的奇想为自己创作生活。这个童话般的幻想世界制造起来太

---

① 丹东(1759—1794)——法国大革命时期的著名活动家。
② 原文为意大利文。普希金所著小说《埃及之夜》中用抓阄的办法决定即席赋诗的题目就是《克娄巴特拉和她的情人们》。克娄巴特拉是公元前1世纪的埃及女皇。
③ 普希金1830年曾写过一首题为《科洛姆纳的小屋》的长诗。

容易了，而且又是那么逼真！仿佛这一切的确不是幻影！老实说，有时候我几乎相信，这一整套生活并非感官亢奋的产物，并非空中楼阁，并非想象的错觉，而是实实在在的事情！您说，娜斯简卡，为什么在这样的时刻会呼吸急迫？为什么，中了什么魔法，在什么不可知的力量摆布下，脉搏会加快，泪水会从幻想家的眼眶里迸涌，他的苍白、湿润的两颊会燃烧，他的整个存在会充满如此令人陶醉的喜悦？为什么多少个不眠之夜在永不枯竭的欢乐和幸福中一眨眼就过去了？当粉红色的朝霞闪进窗户，黎明用我们这里彼得堡那种虚幻可疑的异光照亮阴暗的房间时，我们的幻想家精疲力竭地倒在床上，精神过度兴奋之后出现了麻木，心中交织着甜蜜和痛苦，就这样昏昏睡去，这是为什么？是啊，娜斯简卡，的确可能上当，旁人不由自主地会相信，是货真价实的热情激荡着他的灵魂，不由自主地会相信，他那无血无肉的幻梦中有活生生的、触摸得到的东西！然而这是多么虚妄——比方说，爱情竟会连带着永不枯竭的喜悦和难以忍受的苦楚注入他的心胸……只要看他一眼便可确信不疑！可爱的娜斯简卡，您瞧着他，能不能相信：他在疯狂的幻想中如此热恋的对象，事实上他从来不认识？难道他仅仅在迷人的幻景中看见意中人？难道这种热情仅仅是他的梦？难道他们果真没有双双抛开整个世界，把各人自己的天地、自己的生命同对方合在一起，携手走过自己一生中的这么些年头？到了很晚的时刻，要分手了，难道不是意中人偎在他胸前伤心地痛哭，根本感觉不到暴雨在阴霾四布的天空下肆虐，狂风从她黑色的睫毛上刮走泪珠？难道这一切全是幻想？这凄清荒凉的花园，小径上绿苔丛生，幽寂而阴森，他俩常在那里漫步、期望、忧伤、恋爱；难道他们曾在那里相爱了那么久、'那么情长谊深'的地方也是幻想？还有这座奇怪的、祖传的房子，她和面目阴沉的年老丈夫在那里度过了不知几许寂寞和郁悒的时光，她的丈夫终年沉默寡言而又容易动怒，老是叫他俩提心吊胆，而他俩自己又像胆小的孩子，沮丧而羞怯地互相隐瞒自己的爱情，难道也是幻想？他们曾忍受何等的痛苦，怀着何等的恐惧，他们的爱情是何等纯洁、无辜，而人们又是何等狠心（这是不言而喻的，娜斯简卡）！

后来，在远离故土的海外，在中午炎热的异国天空下，在壮丽的不朽之城①，在豪华的假面舞会上，在喧闹的乐声中，在灯烛辉煌的宫殿里（一定得在意大利式的宫殿里），在爬满桃金娘和蔷薇花的阳台上，我们的幻想家遇见的难道不是她？天哪！在那里，她认出对方以后，急忙摘下自己的面具，轻轻地说一声'我自由了'，接着全身发颤，扑到他怀抱里，两人惊喜地叫喊起来，互相贴得紧紧的，顷刻间忘却了悲哀、离别、所有的痛苦、阴森的房屋、年老的丈夫、远在故国的凄凉的花园，她曾在那里的一条长椅上接完热情的最后一吻后，挣脱他给绝望的痛楚折磨得麻木的怀抱……哦，娜斯简卡，想必您也会同意，当那位不速之客、喜欢说说笑笑的高个儿健壮小伙子推开您的房门，大大咧咧地嚷道'老弟，我刚从巴甫洛夫斯克来'的时候，自然要吓一大跳，狼狈地涨红了脸，像一个学童刚刚把从邻居花园里偷来的一只苹果塞进兜里。我的上帝！老伯爵去世了，正好是非

---

① "不朽之城"（又译"永恒的都城"等）是意大利首都罗马的别称。

言语所能形容的幸福降临的时刻，——偏偏有客自巴甫洛夫斯克来！"

我声情激越地结束了我的悲怆的叙述，悲怆地沉默下来。我记得自己极想勉强哈哈大笑一通，因为我已经感觉到，有一个不怀好意的小鬼在我身上蠢蠢欲动，我的咽喉已经开始梗阻，下巴颏儿开始哆嗦，我的眼睛愈来愈湿润……我期待听我讲述的娜斯简卡会睁开聪明的眼睛，纵声发出天真爽朗、遏制不住的大笑，我已经懊悔自己失了分寸，不该讲这些久已郁积在我心中的块垒，这些话我可以倒背如流，因为我早已给自己准备好判决书，现在忍不住不把它宣读，反正一吐为快而不管别人是否能理解；但使我纳罕的是，她竟一声不吭，过了一会才轻轻握一下我的手，以一种不好意思的同情态度问道：

"难道您的一生真是这样过来的吗？"

"是的，娜斯简卡，"我回答说，"看来一生还将这样结束！"

"不，这不行，"她不安地说，"不能这样；其实，恐怕我也将这样在奶奶身旁度过一生。听我说，这样生活很不好，您可知道？"

"知道，娜斯简卡，知道！"我叫了起来，索性不再控制自己的感情。"我现在比任何时候知道得更清楚，我白白浪掷了自己最可宝贵的年华！现在我知道这一点，并由于有此认识而更觉痛心，因为是上帝亲自把您——我的好天使——派到我身边来对我说了、证明了这一点。现在我坐在您身旁，跟您谈话，我简直怕想未来，因为未来又是孤独，又是这种沉闷、无谓的生活；既然我确实曾在您身旁感到这般幸福，我还有什么可幻想的呢？哦，可爱的姑娘，愿上帝赐福予您，因为您没有一下子就嫌弃我，因为我现在可以说：我一生至少有两个晚上没有白活！"

"哦，不，不！"娜斯简卡大声说，她眼睛里闪耀着泪花。"不，再也不会这样；我们不能就此分手！两个晚上太少了！"

"哦，娜斯简卡，娜斯简卡！您可知道，您促使我跟我自己达成的和解能保持很久很久！您可知道，往后我再也不会像过去某些时候那样把自己看得如此不堪！您可知道，从今以后我或许再也不会悲叹我在自己的生活中犯了罪、作了孽，因为这样的生活正是犯罪和作孽！别以为我向您夸大了什么，看在上帝分上不要这样想，娜斯简卡，因为有时候我感到非常痛心，非常痛心……因为我在这样的时刻已开始意识到，我永远不能开始过真正的生活，因为我已经意识到，我完全失去了应有的分寸，失去了对真正实在的事情的感觉；还有，因为我自己诅咒自己；因为在幻想之夜过后我已有清醒的时刻，而这样的时刻太可怕了！与此同时，我听见人群在我周围生活的旋风中喧嚷、打转，我听见、看到人们在生活——实实在在地生活，看到生活对他们说来不是此路不通的，他们的生活不会像梦境、幻影那样风流云散，他们的生活不断更新，永葆青春，其中没有一时一刻与别的时刻雷同，而胆怯的幻想却是那么无聊和单调得近乎庸俗，它无非是影子和思想的奴隶，是第一堆浮云的奴隶，一旦浮云遮住太阳，忧伤便会紧紧攥住如此珍惜自己的太阳的真正的彼得堡之心，——而在忧伤中哪里还有心思想入非非！我感觉到，它——这种永不枯竭的幻想——终于疲倦了，终于在无休止的紧张状态中枯竭了，因为我在成长，从过去的理想中挣脱出来了，这些理想已告粉碎、瓦解；既然没有另一种生活，就得从这些残垣断壁中把它建设起来。可是，心灵却要求得到别的东西！于是，幻想家徒然在往日的梦想中翻寻，在这堆死灰中搜索一星半点余烬，企图把它吹旺，让复燃的火温暖冷却了的心，让曾经如此为他所钟爱、如此触动灵魂、连血液也为之沸腾、热泪夺眶而出的一切，让曾经使他眼花缭乱、飘飘欲仙的一切在心中复苏！娜斯简卡，您可知道如今我落到了什么境地？告诉您，我已经不得不纪念自己感觉的周年，回忆几年前曾经如此为我所钟爱、而实际上从未有过的事情，——因为所追忆的仍然是那些荒唐、虚妄的幻想，——我不得不这样做，因为现在连这些荒唐的幻想也没有了，因为现在幻想已无从产生：要知道幻想也是在一定的条件下产生的！告诉您，我现在喜欢定期回忆和凭吊过去某个时候曾在那里自得其乐的地方，喜欢按已经一去不返的往昔的格局来建立现在，我常常像个影子似的徘徊在彼得堡

的大街小巷，黯然神伤，既没有必要，又没有目的。究竟回忆些什么来着？比方说，我回忆起整整一年以前，正是此时此地，我也曾经徘徊在这条便道上，当时也跟现在一样孤独，一样神伤！我回忆起当时的幻想也是忧郁的，尽管以前的情况并不见得好些，但毕竟感到当初生活似乎轻松和安宁一些，没有如今缠住我不放的这满怀愁绪，没有如今叫我白天黑夜都不得安宁的良心责备，没有这些阴暗郁悒的内疚。我常常问自己：你的幻想到哪里去了？我摇摇头说：岁月飞逝得真快！然后又问自己：你用自己的岁月做了什么？你把自己最好的年华埋葬到何处去了？你这几年究竟是不是活着？我对自己说：瞧，世上变得多么清冷。再过几年，接着将是凄凉的孤独，然后颤颤巍巍的老年将随着拐棍儿一起来临，再以后则是哀伤和沮丧。你的幻想世界将变得黯淡无光，你的镜花水月将要凋零、破碎，像枯黄的秋叶从树上脱落……哦，娜斯简卡！要知道，孤孤单单一人独处将是可悲的，甚至没有什么值得叹惜，什么也没有，空空如也……因为失去的一切本身即是一片空虚，是一个愚蠢的、滴溜儿圆的零，纯粹是幻想！"

"哦，不要再让我心酸吧！"娜斯简卡说着抹去从眼眶里滚出来的一颗泪珠，"现在这一切已经结束！现在我们是两个人了；往后，不管我遇到什么情况，我们再也不分离。听我说。我是个普通的姑娘，书念得不多，虽然奶奶也请了先生教我；但是，说真的，我理解您的心情，因为刚才您讲给我听的一切，在奶奶用别针把我的衣服和她的扣在一起的时候，我自己也有切身体验。当然，我不会讲得像您那样动听，我没念过多少书，"她羞涩地添上一句，因为我刚才那一番悲怆的自述和高雅的辞藻从她那里赢得的敬意尚未消失，"但您在我面前毫无保留地解剖自己使我很高兴。现在我对您已经了解，完全了解，彻底了解。我有一个想法您可知道？我想把自己的身世也告诉您，什么也不隐瞒，然后请您帮我出出主意。您是个很高明的人；您能不能答应帮我出出主意？"

"啊，娜斯简卡，"我回答说，"我虽然从来不善于帮别人出主意，更不用说高明的主意，但现在我认为，如果我们一直这样生活下去，这倒是个非常高明的办法，我们每个人都能帮对方出好多好多高明的主意！嗨，我的美丽的娜斯简卡，您需要我帮您出什么主意呢？您不妨对我直说：我现在是那样快活、幸福、勇敢，脑袋瓜儿灵得很，说话可以不假思索。"

"不，不！"娜斯简卡打断我的话，并且笑了起来。"我需要的不光是高明的主意，我需要诚恳的、兄弟般的忠告，就好比您已经爱了我一辈子那样！"

"行，娜斯简卡，行！"我高兴地喊道，"即使我已经爱了您二十年，也不会爱得比现在更加热烈！"

"把您的手伸出来！"娜斯简卡说。

"一言为定！"我答道，同时把一只手伸给她。

"那么，现在开始谈我的身世！"

娜斯简卡的身世

"我的身世一半您已经知道，也就是说，您知道我有一个老奶奶……"

"如果另外的一半也跟这一半同样简单……"我笑呵呵地想要打断对方的话。

"别开口，听着。首先得遵守一条：不要打断我，否则我会语无伦次的。您就这样乖乖地听着。

"我有一个老奶奶。我到她那里的时候还是个很小的小女孩，因为我的母亲和父亲都死了。奶奶过去想必比较有钱，因为她直到现在还经常回忆当年的好日子。是她教会了我讲法语，后来还为我请过一位先生。当我十五岁的时候（我现在十七岁），就不再念书了。就在那个时候，我使了点儿调皮捣蛋的性子，至于究竟干了什么，我不告诉您；反正并不是闯了什么大祸。可是一天早晨，奶奶把我叫到她跟前，对我说，由于她双目失明，管不住我，便拿一枚别针把我的衣服和她的扣在一起，还说，要是我不改好的话，我们就这样一辈子坐在一起。总而言之，开头一个时期怎么也不能走开：做活、读书读报、学功课——始终在奶奶身边。有一次我曾经耍了个花招，说服菲奥克拉坐在我的位子上。菲奥克拉是我们的女用人，她是个聋子。菲奥克拉代替我坐在那里；这时奶奶在圈椅里睡着了，我就到附近一个女友家去。事情的结果糟得很。我出去后，奶奶醒来问了句什么话，以为我还乖乖地坐在老地方。菲奥克拉见奶奶在问她，可自己又听不见问什么，想来想去，不知如何是好，最后把别针解开逃跑了……"

说到这里，娜斯简卡停下来放声大笑。我也和她一起笑。她随即止笑敛容。

"喂，您可不要笑我奶奶。我笑是因为觉得可乐……说真的，有这样一个奶奶，这也没有办法，可我还是有点儿爱她。当时我可倒了霉：我立刻被命令重新坐在老地方，再也不准动一动。

"哦，我还忘了告诉您，我们有，不，我是说奶奶自己有一座房子，一座小房子，全是木头的，才三个窗户，而且跟奶奶一样很老了；上面有一层矮矮的顶楼；我们这间顶楼上搬来了一位新房客……"

"这么说，以前还有老房客喽？"我顺便问了一句。

"当然有，"娜斯简卡答道，"而且保持沉默的本领比您强。说真的，他几乎不能转动舌头。那是一个干瘪老头儿，又哑、又瞎、又瘸，终于没法再活在世上，就死了，所以需要招一位新房客，因为我们没有房客不能过活，房租加上奶奶的养老金就是我们的全部收入。新来的房客偏偏是个年轻人，不是本地人，外地来的。因为他不还价，奶奶就把顶楼赁给他，事后才问我：'娜斯简卡，我们的新房客年轻不？'我不愿撒谎，就说：'怎么说呢，奶奶？不算太年轻，可也不是老头儿。''外貌讨人喜欢不？'奶奶问。

　　"我还是不愿撒谎，所以说：'讨人喜欢，奶奶！'奶奶立刻叫道：'哎呀！坏了，坏了！孩子，我对你说这话，是要你别看他看出了神。唉，这个世道！一个不足道的房客，居然也长得讨人喜欢，当年可不是这样的！'

　　"奶奶认为什么都不如当年！当年她年纪也轻些，当年的太阳也温暖些，当年的奶油也不会那么快就变酸，——什么都是当年好！我坐在那里不作声，暗暗思量：奶奶为什么特地这样提醒我，问人家外貌怎么样，年纪轻不轻？不过我只是想想而已，接下来就继续打毛线袜子，后来干脆把这档子事儿给忘了。

"一天清晨，新房客来找我们问糊纸的事，因为我们曾答应给他的房间糊上壁纸。双方你一句我一句谈开了，奶奶又是个碎嘴子，她说：'娜斯简卡，你到我卧室里去把算盘拿来。'我立即站起来，不知为什么满脸通红，竟忘了衣服被别针扣住；我忘了悄悄地解开别针，免得给房客瞧见，而是猛地一冲，把奶奶坐的圈椅也拖动了。我看见房客这下子全明白了，顿时脸涨得更红，站着像一根桩子似的动也不动，接着忽然哭了起来，——那时节又是害臊又伤心，恨不得地上有个洞让我钻下去！奶奶大声问："你站着干吗？'我就哭得更响……房客见我在他面前窘得厉害，便鞠一个躬转身走了！

"从此以后，只要过道里一有声响，我就吓得半死。我以为房客又来了，先悄悄地解去别针以防万一。其实并不是他，他始终没来。过了两个星期；房客让菲奥克拉捎来话，说他有许多法文书，都是些好书，值得一读；问奶奶要不要让我念给她听解解闷？奶奶同意并道了谢，只是一再问那些书是否有伤风化，她说：'娜斯简卡，如果有伤风化的话，你可千万读不得，会学坏的。'

"'我会学到什么呢，奶奶？那上面写些什么？'

"'啊！'她说，'那上面描写年轻人怎样勾引正派人家的少女，年轻人怎样借口要娶她们，把她们从父母家中拐走，后来又遗弃那些不幸的少女，于是她们极其悲惨地毁了自己。这种书我读过好多，'奶奶说，'里边的描写非常动人，夜里坐着静静地读，连觉也不想睡。所以，'她说，'娜斯简卡，你可不能读那些书。他捎来的是些什么书？'

"'都是些沃尔特·司各特的小说，奶奶。'

"'沃尔特·司各特的小说！不见得，恐怕里边有什么花样吧？你看看，他有没有在里边夹进什么情书字条之类？'

"'没有，'我说，'没有字条。'

"'你再看看书皮底下；他们有时把字条塞在书皮夹层里，那班强盗！……'

"'不，奶奶，书皮底下也没有任何东西。'

"'唔，那才对！'

"于是我们开始读沃尔特·司各特的小说，在一个月左右的时间内差不多把一半书都读完了。后来他又一再捎书来，包括普希金的作品，最后我简直没法离开书本，也不再幻想怎样嫁给中国皇太子了。

"事情就是这样，直到有一回我在楼梯上碰见我们那位房客。奶奶差我不知去拿什么东西。他站住不走，我的脸红了，他也红了脸；不过他还是笑了起来，跟我打招呼，问了奶奶的健康，然后说：'那些书您读了没有？'我答道：'读了。'他说：'您比较喜欢哪几本？'我就说：'《艾凡赫》和普希金的作品我最喜欢。'那一回便到此为止。

"过了一个星期，我又在楼梯上碰见他。这一回不是奶奶差我拿东西，是我自己有意到那里去。时间在下午两三点钟，房客通常在这个时候回家。'您好！'他招呼道。我也向他答礼：'您好！'

"'怎么，'他说，'您整天陪奶奶坐着不觉得

无聊？'

"他刚这样问我，我立刻不知什么缘故羞得面红耳赤，这一次我又感到委屈，想必因为这件事居然引起别人动问。我本想不回答，一走了之，但没有勇气。

"'听我说，您是个好姑娘！请原谅我这样跟您说话，但我敢向您保证，我比您的奶奶更希望您好。您没有女朋友可以上她们家去玩玩吗？'

"我回答说没有，过去有一个朋友，叫玛莘卡，可是她到普斯科夫去了。

"'那么，'他说，'您愿意跟我一起去看戏吗？'

"'看戏？奶奶怎么办？'

"'您瞒着奶奶不就得了……'他说。

"'不，'我说，'我不愿欺骗奶奶。再见！'

"'好吧，再见。'别的他什么也没有说。

"直到吃过晚饭，他才来找我们，坐下后跟奶奶聊了很久，问她是不是出去逛逛，有没有熟人；忽然他说：'今天我本来定了一个包厢，那里在上演歌剧《塞维利亚

的理发师》①；一些熟人本来要去看，后来不去了，票还在我手里。'

"'《塞维利亚的理发师》！'奶奶叫了起来，'这是当年演的那个理发师吗？'

"'是的，'他说，'正是那个理发师，'并向我瞅了一眼。我已经全明白了，脸顿时红起来，我的心突突直跳，紧张地期待着！

"'当然是！'奶奶说，'我准知道！当年我自己在票友剧团还演过萝西娜哩！'

"'那么今晚您愿意赏光吗？'房客说，'反正票在我这里也是白白浪费。'

"'好哇，去就去，'奶奶说，'干吗不去？我的娜斯简卡还从来没进过戏园子呢。'

"我的天，多么叫人高兴啊！我们立刻收拾停当，坐车

---

① 根据法国剧作家博马舍(1732—1799)的同名话剧剧本改编的意大利喜歌剧，不止一个版本。作曲家罗西尼(1792—1868)谱写的音乐从中脱颖而出，成为传世经典。

前往。奶奶虽然看不见，但她还是想听听音乐，再说，她是个心地善良的老太太，更想让我乐上一乐，因为我们自己决计不会上剧场看戏。对《塞维利亚的理发师》的印象如何，我无需告诉您，可是那天晚上我们的房客是那样深情地望着我，谈吐又是那样动人，我一下子就看出第二天早晨他要试一试约我一个人跟他出游。这可太好了！我躺下睡觉时又是得意，又是兴奋，心跳个不停，甚至稍稍有点儿发烧；整整一夜，我连梦话说的也是《塞维利亚的理发师》。

"我以为在这以后他会来得更勤，——然而完全不是那么一回事。他几乎不来了。大概一个月只来一次，无非是请我们看戏。以后我们又去看过两回戏。可是这远远不能使我满足。我看得出，他纯粹因为见我老是被关在奶奶身边觉得可怜，仅此而已。这样一天天过去，我实在受不了：坐也坐不稳，书也读不好，活也做不成，有时候我莫名其妙地发笑，或者故意惹奶奶生气，有时候索性就哭。后来，我消瘦了，几乎生起病来。歌剧演出季已经结束，房客再也不来找我们；当我们相遇的时候（自然还是在楼梯上），他只是默默地点头致意，那种煞有介事的样子好像压根儿不想说话，然后下楼走到门前的台阶上，可我还站在楼梯半道上，脸红得像樱桃，因为我每次跟他相遇，差不多全身的血都会往脑袋里涌上来。

"下面快临近尾声了。整整一年前，五月份，房客来找我们。他告诉奶奶，说他在此地的事情都办完了，他又要到莫斯科去住一年。我一听这话，顿时面如土色，倒在椅子上，像个死人。奶奶什么也没有发觉，而他把退租的事通知我们以后，向我们行个礼就走了。

"我该怎么办？我思来想去，心乱如麻，最后拿定了主意。他明天就要离去，我决定今晚等奶奶去睡觉就把一切彻底了结。果然，我把几件外面穿的衣服和必要的换洗内衣通通打成一个包裹，带着它胆战心惊地到顶楼去找我们的房客。我估计当时上楼走了足足有一个小时。当我终于打开顶楼的房门时，他竟望着我失声惊呼，以为我是个幽灵。他急忙去给我弄点儿水喝，因为我眼看快要倒下。我的心跳得把脑袋都震痛了，神志也有些昏迷。等到定下神来以后，我首

先把包裹往他床上一放，自己在旁边坐下，双手掩面，涕泗滂沱地哭了起来。他大概一下子完全明白了，于是站在我面前，脸色煞白、神情忧郁地看着我，看得我肠断心碎。

"'听我说，'他开言道，'听我说，娜斯简卡，我实在无能为力；我是个穷光蛋，眼下我一无所有，连个像样的职位也没有；如果我跟您结婚，我们怎么生活呢？'

"我们谈了很久，最后我发作起来，说在奶奶这里我待不下去，要逃走，我不愿让人家用别针把我扣住；他怎么想都可以，反正我要跟他去莫斯科，因为我离开他没法过。羞惭、爱情、傲气——一齐在我身上露头，我差点儿没倒在床上哭得抽风。我是那样担心遭到拒绝！

"他默默地坐了几分钟，然后站起来，走到我跟前，握住我的一只手。

"'听我说，我亲爱的、可爱的娜斯简卡！'他也勉强忍住眼泪才开得了口，'听我说。我向您起誓，如果有朝一日我有能力结婚，一定要您做我的终身伴侣；请相信，今后只有您才能给我带来幸福。听我说：我将去莫斯科，在那儿要待整整一年。我希望能把我的事情安排妥当。等我回来时，如果您还爱我的话，我向您发誓，我们一定能美满地结合。现在办不到，我不能、也没有权利许什么愿。但我要重申，倘若一年后还办不到，将来总有一天能办到；当然，我指的是在您没有爱上别人的情况下，因为我不能、也不敢叫您受任何誓言的束缚。'

"这是他对我说的话，第二天他就走了。当时我们商定在奶奶面前只字不提此事。这是他提出的要求。好了，现在我的全部故事差不多已经讲完。过了整整一年。他来了，他到彼得堡已有三天，可是……可是……"

"可是怎样呢？"我大声问，急于听到事情的结局。

"可是至今没露面！"娜斯简卡似乎鼓足了勇气才回答，"音信全无……"

她说到这里顿住，沉默片刻，低下头去，忽然用双手捂住面孔，号啕痛哭，哭得我的心都翻了个跟头。

我怎么也没料到会是这样的结局。

"娜斯简卡！"我开始说，语气羞怯而温柔。"娜斯简卡！看在上帝分上，别哭了！您怎么知道呢？也许他还没有……"

"来了，来了！"娜斯简卡接口道，"他来了，我知道。我们有约在先，还在他动身前一天的晚上，在我们说完了刚才我向您转述的那番话，并且相互约定以后，我们一起出来散步，正是来到这河滨的堤岸上。时间是十点钟，我们就坐在这一条长椅上，我已经不哭了，听着他说话只觉得甜滋滋的……他说一到彼得堡马上来看我们，如果我不拒绝他，那时我们便向奶奶说明一切。如今他到了彼得堡，我知道，可就是不见影儿！"

她又放声大哭。

"我的上帝！您这样伤心，难道毫无办法帮您的忙？"我不顾一切地从长椅上跳起来喊道，"娜斯简卡，您说，能不能由我去找他一次？……"

"这能行吗？"她忽然抬起头来问。

"不行，当然不行！"我发觉自己过于冲动了，"这样吧：您写一封信。"

"不，这不可能，这样不行！"她断然回答，但已经低下头去，不再望着我。

"怎么不行？为什么不行？"我继续抓住想到的主意不放，"您要知道，娜斯简卡，这不是普普通通的信！信也有各种各样……啊，娜斯简卡，确实是这样！您放心，包在我身上！我不会给您出坏主意的。这件事完全办得到。当初是您迈出了第一步，为什么现在……"

"不行，不行！这样就好像我在死皮赖脸地……"

"啊，我的善良的娜斯简卡！"我打断了她的话，同时并不掩饰自己的笑容。"不，不；归根到底，您有这样的权利，因为是他向您许下了诺言。再说，从各方面看来，我觉得他很能体贴别人，他的行为很好，"我继续说，并且愈来愈欣赏自己的论断的逻辑性，"他是怎样对待您的呢？他以许诺的方式承担了义务。他说非您不娶，然而却让您保留充分的自由，哪怕您现在拒绝他也可以……在这样的情况下，您可以采取主动，您有这样的权利，您对他处于优势地位，比方说，即使您想解除他承担的义务也行……"

"那么，换了您怎么写呢？"

"写什么？"

"那封信哪。"

"换了我，我就这样写：'亲爱的先生……'"

"非得用'亲爱的先生'这样正式的称呼不可吗？"

"非用不可！不过，换一个称呼也未始不可。我想……"

"算了，算了！说下去！"

"'亲爱的先生！

"'很抱歉，我……'不，根本不需要抱歉。事实本身可以为您辩护，您只消这样写：

"'现在我写信给您。请原谅我沉不住气；但我整整一年怀着幸福的期望；现在我连一天的疑惑也不能再忍受了，这难道是我的过错？现在您已经来到彼得堡，也许您已经改变初衷。如果这样，那么，这封信会告诉您，我并无怨言，也不责怪您。我并不因为自己驾驭不了您的心而责怪您；这是我命该如此！

"'您是个高尚的人。您从这封信的字里行间看到我迫不及待的心情，不会见笑，也不会见怪。您会想起写这封信的是个可怜的姑娘，她只有孑然一身，没有人教她，没有人给她出主意，而且她自己从来不善于控制自己的心。但是请原谅，疑惑潜入了我的心房，尽管只是一眨眼的工夫。其实，您即使在想象中也绝不会欺侮一个过去和现在如此爱您的人。'"

"对，对！这正是我所想的！"娜斯简卡叫了起来，两眼闪耀着喜悦的光芒。"哦！您消除了我的犹豫，是上帝派您来帮助我的！谢谢，谢谢您！"

"谢我干什么？因为上帝派了我来？"我兴奋地望着她转忧为喜的脸蛋儿。

"就算为这一点吧。"

"啊，娜斯简卡！我们有时候感谢某些人，确实仅仅因为他们和我们一起活着。我感谢您，因为我遇见了您，因为我将终生不忘记您！"

"够了，够了！现在您听我说：当时我们约定，他一到彼得堡，立即由他在我的熟人家某个地方留一封信给我，那是一户善良的普通人家，他们完全不知道这件事；如果怕纸短情长没法给我写信，那就由他在抵达彼得堡的当天十点整到这里来，我决定在此跟他会面。他抵达彼得堡我已经知道；可是三天来既没有信，也不见人。上午我怎么也没法从奶奶身旁走开。明天您亲自把我的信交给我刚才对您提起的那户善良人家，他们会转寄的；如果有回信的话，明天晚上十点钟您亲自带来。”

“可是信呢，信呢？先得写信哪！这事非得后天上午才能去办。”

“信……”娜斯简卡应道，她显得有些慌乱，“信……可是……”

她没有说完。她先是扭过头去不看我，脸蛋儿红得像一朵蔷薇花，接着，我忽然感到有一封信塞到我手里，显然是早已写就、封好的，只等转交。一段熟悉、可爱、优美的回忆在我脑际掠过①。

---

① 《塞维利亚的理发师》中有萝西娜冲破保护人的阻挠写信给意中人表示同意与对方约会的情节。

"R, o——萝, s, i——西, n, a——娜。"我先开腔。

"萝西娜!"我们俩一齐唱起来,我高兴得几乎把她搂住。她脸红得不能再红,一边笑着,一边让眼泪像珍珠在她黑色的睫毛上颤动。

"够了,够了!现在该分手了!"她像念急口令似的说得很快,"这封信交给您,这是送信的地址。让我们分手吧!再见!明天见!"

她紧紧握住我的两只手,点一点头,然后像一支箭射进她家所在的胡同。我久久地站在原地目送她去远。

"明天见!明天见!"等她从我视野里消失以后,这声音还在我脑海中回荡。

第三夜

今儿个下雨,是个愁闷的日子,满天阴霾,就像我未来的老年一样看不到一线光明。奇怪的思想、阴暗的感觉压迫着我,头脑里麇集着许多我还不清楚的问题,我不但无能为力，而且也不想加以解决。解决这一切并不取决于我！

今天我们不见面了。昨天我们分手的时候，浮云开始掩蔽天空，雾正在升起。我说，明天不会是一个好天；她没有答话，她不愿说违心之言；对她来说，这一天光明而又晴朗，任何乌云都遮不住她的幸福。

"倘若下雨，我们明天不见面！"她说，"我不来了。"

我以为她根本不理会今天的雨，可是她没有来。

昨天是我们第三次见面，是我们的第三个白夜……

然而，欢乐和幸福能使人变得多么好啊！在心中沸腾的爱是多么热烈啊！你好像要把自己整个心都注入另一颗心，要使一切都快乐，一切都欢笑。这种欢乐的感染力多强啊！昨天她的话是如此多情，心中对我充满了善意……她对我是多么体贴，多么温柔，她是那么鼓励和爱抚着我的心！哦，幸福可真会卖弄风情！而我……我却把一切都信以为真；我以为她……

其实，我的天哪，我怎能这样想呢？明明一切都已属于另一个人，一切都不是我的；说到底，甚至她的这种柔情、她的关切、她的爱……不错，她对我的爱，——也明明是即将与另一个人相见的喜悦，无非出自硬要我分享她自己的幸福的愿望，我怎能盲目到这种程度？……可不是吗，及至他没有来，我们空等了一场，她便皱眉蹙额，变得胆怯、慌乱起来。她的举止言语便不再那么敏捷、调皮和欢快。然而，说也奇怪，她却加倍对我表示关切，仿佛本能地想把她自己希望得到和唯恐不能实现的一切倾注在我身上。我的娜斯简卡变得如此胆小、如此惊慌，看来终于明白了我在爱她，因而深感我这片痴情之可怜。的确，当我们自己不幸的时候，我们对别人的不幸感受更加深切；感情的趋向不是分散，而是集中……

　　我满怀热望去会她，几乎等不到约会的时间。我没有预感到随后即将领略的滋味，没有预感到这一切竟会如此告终。她春风满面地在等候回音。她等候的回音乃是他本人。他应该闻召赶来。娜斯简卡比我早到整整一个小时。起初她听了我的每一句话都笑，呵呵之声不绝。我才开了个头就沉默下来。

　　"您可知道我为什么这样快活？"她说，"为什么瞧着您这样高兴？为什么我今天这样喜欢您？"

　　"为什么？"我问，我的心开始颤动。

　　"我之所以喜欢您，是因为您没有爱上我。要知道，换了别人处在您的地位，怕不会这样老实，难免要纠缠不休，不是无病呻吟，便是心痛如绞之类，而您却是这样可爱。"

　　说到这里，她把我的手使劲一握，我差点儿叫起来。她于是笑了。

　　"天哪！您真是个好朋友！"过了一会，她十分认真地开始说，"您的确是上帝给我派来的！要是您现在不跟我在一起，我会怎样呢？您是这样的无私！您对我的爱是多么纯正！我出嫁以后，我们将非常友好，比兄妹更加友好。我差不多要像爱他一样地爱您……"

　　在这一刹那，我不知怎的感到郁悒得可怕，然而，一阵似笑非笑的意向在我心中萌动。

　　"您有些反常，"我说，"您明明在胆怯；您担心他可能不来。"

"上帝保佑您!"她答道,"要不是我幸福到这种程度,您的怀疑和指责恐怕会使我哭起来。不过,您在一个问题上开了我的窍,这个问题够我想上很久很久;但我以后再去想它,现在我要向您承认,您说得不差。是的!我确实有些反常;我好像全身心处在等待状态,只觉得一切都是那么轻飘飘的,实在太轻太轻。算了,感觉的事不谈也罢!……"

这时有脚步声传来,黑暗中只见一个行人向我们迎面走来。我们俩都开始发抖;她险些失声惊呼。我放开她的手,做了一个想要走开的动作。但我们的料想落了空: 来的不是他。

"您怕什么?您为什么甩开我的手?"她说着又把手伸给我,"这有什么不好?我们一块儿迎接他。我要他看到我们是多么相爱。"

"看到我们是多么相爱?!"我喊了起来。

"哦,娜斯简卡,娜斯简卡!"我心想,"你这句话把多少意思都说了出来!娜斯简卡,这样的爱在某些时候能叫人心灰意冷。你的手冷得像冰，我的手火一样热。你简直是个瞎子，娜斯简卡！……哦！幸福的人有时候是多么讨厌哪！但是我不能生你的气！……"

我心中的苦杯终于满极而溢。

"听着，娜斯简卡！"我大声说，"您可知道这一整天我是怎么过的？"

"怎么过的？快说呀！您干吗一直不吭气儿？"

"首先，娜斯简卡，我把您委托的事一一办妥，信也交了，您那好心的熟人家里也去了，然后……然后我走到家里躺下睡觉。"

"就这些？"她笑了起来，把我的话打断。

"是的，差不多就是这些，"我硬着头皮答道，因为我眼眶里已经挤满痴情的泪水。"我在我们约定的时间之前一个钟点才醒来，可是却跟压根儿没睡过一样。我不知道自己是怎么搞的。我来的时候想把这一切都告诉您：仿佛时间对我来说停止不走了，仿佛从那时起只应让感觉永远留在我心中，仿佛一分钟应当延长到无穷的永恒，仿佛全部生活对于我已经停止……我醒来的时候，觉得好像有一支早就熟悉的曲调，从前在哪儿听到过，后来忘记了，它是那样甜蜜，眼下正在回到我记忆中来。我觉得，这支曲调在我心灵中一辈子呼之欲出，直到现在才……"

"啊，我的老天，我的老天！"娜斯简卡又截断了我的话头，"这到底是怎么一回事啊？我一句也听不懂。"

"啊，娜斯简卡！我很想用什么办法向您表述这种奇怪的印象……"我开始诉苦，在哀怨的声调中还隐藏着一线希望，虽然是十分渺茫的。

"得了，不说也罢，得了！"她抢先道，这狡猾的小妮子一下子就识破了机关！

她忽然变得异乎寻常地饶舌、快活、调皮。她挽住我的胳膊，笑着，并且要我也笑，对于我在窘态中所说的每一句话她都报以爽朗而长久的笑声……我开始生气了，她一下子又撒起娇来。

"其实，"她开言道，"您没有爱上我，对此我是有点儿不高兴的。这说明人心实在难测！然而，铁石心肠的先生，您毕竟不能不夸奖我，因为我是那样坦率。我什么都对您说，毫无保留，不管我脑袋里闪过的念头有多么愚蠢。"

"听！好像十一点了吧？"我说，这时从市内相当远的一座钟楼上响起有节奏的钟声。她骤然顿住，不再笑了，开始数钟敲几下。

"是的，十一点了。"她终于换上胆怯和犹豫的语调说。

我当即后悔不该吓着了她，使她数了钟敲几下，我诅咒自己的一时狠心。我替她犯起愁来，又不知道该怎样弥补自己的过失。我开始安慰她，寻找原因来解释他为什么还不来，并提出各种各样的理由和论据。在这个时刻要哄她相信是再容易不过的；其实，任何人在这个时刻都乐于听从不管什么样的劝慰，只要有那么一丁点儿可信，就会高高兴兴地接受。

"真可笑，"我开始说，而且愈来愈上劲，对于我自己的道理讲得如此透彻也愈来愈欣赏，"他根本就不可能来；我也给您闹糊涂了，娜斯简卡，以致丧失了时间概念……您只要想一想：他顶多只来得及收到您的信；假定说，他不能来；假定说，他有回信，最早也得明天才能到。明天天一亮我就去取回信，并立即设法通知您。说到底，您不难举出上千种可能的假设，比方说：信送到时，他不在家，也许他到现在还没有读过呢。要知道，什么事情都可能发生。"

"是啊，是啊！"娜斯简卡答道，"我连想都没有想过；当然，什么事情都可能发生，"她以十分通情达理的口吻谈下去，然而从中却似乎可以听到懊恼的不谐和音，大概她另有与此离得很远的心事。"那您就这么办，"她继续说，"明天您尽可能早一点去，要是有什么信息，马上就让我知道。您不是知道我住哪儿吗？"她又一次把自己的地址告诉我。

随后她对我的态度变得那样温柔、那样腼腆……她似乎在仔细地听我对她说话；但当我向她提一个什么问题的时候，她却默不作声，尴尬地扭过脸去。我朝她眼睛里一看——果然：她在哭。

"怎么能这样呢，怎么能这样呢？唉，您可真是个小孩子！哪有这样孩子气的？！……得了！"

她试着作一个微笑，想使自己平静下来，但她的下巴颏儿在哆嗦，胸部还起伏波动不已。

"我在想您这个人，"在沉默片时后她对我说，"您的心地这样善良，除非我是个石头人，否则决不可能感觉不到这一点……您可知道，现在我产生了一个什么念头？我把你们俩对比来着。为什么他不是您？为什么他不像您这样？他不如您好，尽管我爱他胜过爱您。"

我什么也没有回答。她仿佛在等着我说些什么。

"当然，也许我对他还不完全了解，不完全知道他的心思。说起来，我好像一直怕他；他总是那样严肃，似乎挺傲慢的样子。当然，我知道他这仅仅是看起来如此罢了，其实，他心中的柔情比我心中的更多……您可记得，我曾经带着一个小包裹去找他，当时他望着我的那种目光，我至今没有忘记；但我毕竟太尊敬他了，而这一点恐怕说明我配不上他，可不是吗？"

"不，娜斯简卡，不，"我答道，"这说明您爱他甚于世上的一切，而且远远超过对您自己的爱。"

"对，恐怕是这样，"天真的娜斯简卡应道，"可是，您知道现在我想到了什么？不过现在我不打算谈他的事，就谈谈一般的感受吧；这一切是我很久以前就已经产生的想法。您倒说说，为什么我们大家并不像同胞手足那样？为什么最好的人也总好像有什么事情瞒着别人，不对人说？为什么不直截痛快地把心里的想法说出来，尽管明知道这话说出来不会毫无反响？可是偏偏每个人都要摆出比实际上严峻的样子，似乎人人都怕让自己的感情很快地外露有损自己的尊严……"

"啊，娜斯简卡！您说得对；不过，这是许多原因造成的。"我把她的话打断，其实，此刻我自己比任何时候都拘谨。

"不，不！"她满怀深情接荏道，"比如，您就跟别人不一样！说真的，我不知道该怎样把自己的心情向您表述；但我觉得，您……比如……就拿现在来说吧……我觉得，您在为我作出某种牺牲，"她羞涩地补上一句，并向我瞥了一眼。"请原谅我这样对您说话，要知道，我是一个头脑简单的姑娘；我还没有见过多少世面，有时候我实在不会说话，"她又附带声明，一种隐藏着的感情使她的声音发颤，然而她仍竭力现出笑容，"不过我想告诉您，我不是忘恩的人，这一切我也能感觉到……哦，愿上帝为此赐福给您！过去您对我讲了好多关于您那个幻想家的话，这完全不是事实，不，我的意思是说，这一切跟您毫不相干。您现在挺健全正常，完全不像您把自己描写成的那种人。将来您如果爱上什么人的话，愿上帝通过她给您带来幸福！至于对她，我并没有必要祝愿什么，因为她跟您在一起一定会幸福的。这一点我知道，因为我自己是个女人，既然我这样对您说，您应该相信我……"

她沉默了，并紧紧地握了一下我的手。我同样激动得什么也说不出来。如此过了有几分钟。

"是的，看来今天他是不会来的了，"她终于抬起头来说，"时间已经很晚了！……"

"明天他准来。"我用极其可信和坚定的口吻说。

"是的，"她又接下去说，情绪也好起来了。"现在我自己也明白，他明天才能来。好吧，再见！明天见！要是下雨，我或许不来。但后天我准来，一定来，不管我发生什么事情；您一定得待在这里；我要跟您见面，我要把一切都告诉您。"

后来，在我们道别的时候，她向我伸出一只手，用明朗的目光望着我，说：

"往后我们永远在一块儿了，难道不是吗？"

哦，娜斯简卡，娜斯简卡！现在我是多么孤独，你哪里会知道呵！

九点钟才过，我在屋子里坐不住了，便穿上外衣走出家门，尽管天气不好。我到了那里，坐在我们的那条长椅上。我向她所住的那条胡同走去，可是又感到羞愧，在离她家只有几步路的地方转身回来，甚至没向她的窗户看一眼。我回到家里，那种惆怅的心情是从未有过的。多么阴湿、枯寂的时光！要是天好的话，我会在外边走上整整一夜……

只要挨到明天就行！明天她会把一切都告诉我。

不过，今天没有信。其实，这也是意料中事，想必他们已经在一块儿了……

第四夜

上帝啊，这一切竟会如此结束！这一切竟会以这样的方式告终！

我是九点钟到的。她已经先在那里。我老远就看见她了；她跟第一次一样，用胳膊肘支在堤岸的栏杆上站在那里，没有听见我走到她身边。

"娜斯简卡！"我勉强抑制激动的心情叫了一声。

她很快向我转过身来。

"拿来！"她说，"拿来！快！"

我望着她，莫名其妙。

"咦，信呢？您把信带来了没有？"她又说了一遍，并用一只手抓住栏杆。

"没有，我没有信，"我终于说，"难道他还没来？"

她顿时脸色变白，白得可怕，两眼直愣愣地对我看了好长一阵子。我把她最后的一点希望给粉碎了。

"那就……由他去吧！"最后她说，声音断断续续，"既然他这样把我撂下，那就由他去吧。"

她垂下双目，后来想抬头看我，可是没抬起来。又有几分钟工夫她竭力抑制自己内心的激动，但忽然把臂肘支在堤岸的栏杆上转过身去，哭了起来。

"别这样，别这样！"我刚开口，可是瞧着她的模样，我实在没有勇气往下说，再者，我又有什么可说的呢？

"不要安慰我，"她抽抽搭搭地说，"不要提他，不要说什么他会来的，什么他并没有那样无情、那样狠心地抛弃我，事实明摆着他是这样做了。他为什么要这样做，为什么？难道我的信，我的那封不幸的信上有什么地方写得不对？……"

说到这里，号哭阻断了她的话音；看她悲伤到这般地步，我的心都碎了。

"哦，这太狠心、太无情了！"她重又开始说，"连一行字也不写，一行也不写！哪怕回答说他不要我、嫌弃我都可以；可是整整三天连一行字的回信也没有！他要羞辱、欺侮一个孤苦无依的姑娘太容易了！而这个姑娘的过错就在于爱他！哦，这三天中间我忍受了多少痛苦啊！我的上帝，我的上帝！回想起我第一次自己去找他，在他面前不顾屈辱地痛哭流涕，向他乞求一点一滴怜爱……而这一切竟落得！……您听着，”她面对着我又说开了，她的一双乌眸开始闪闪发光，“并不是这么一回事！这不可能；这太不近情理！或者是您，或者是我的想法不对头；也许他压根儿没收到信？也许他到现在为止还什么也不知道？怎么可能——您想一想，您说说看，看在上帝分上，您给我解释解释，我实在无法理解，——怎么可能采取这样野蛮、这样粗暴的做法？而他对待我确实这样做了！连一个字也不写！即使对待一个世上最坏的人也不至于如此忍心。也许他听到了什么流言蜚语，也许有人对他说了我什么坏话？”她喊叫着向我提问，“您认为怎样？”

“听我说，娜斯简卡，明天我以您的名义去找他。”

"嗐！"

"我把所有的问题都向他提出来，把一切都告诉他。"

"嗐，嗐！"

"您写一封信。不要说不，娜斯简卡，不要说不！我决不让他看轻您的行为，他将得悉一切，万一……"

"不，我的朋友，不，"她把我的话打断，"够了！我决不再写一句话，决不再写一个字——够了！我不认识他，我再也不爱他，我要把他……忘……掉……"

她说不下去了。

"不要太激动，不要太激动！您坐在这里，娜斯简卡。"我说着让她在长椅上坐下。

"我不激动。您不用着急！这没什么！这不过是几滴眼泪，会干的！难道您以为我会寻短见，会投河自杀？……"

我心中已满得什么也盛不下了；我想要说话，可是张不开口。

"听着！"她抓住我的胳膊继续说，"告诉我：您是不会这样做的，对吗？对于一个主动去找您的姑娘，您是不会丝毫不顾颜面地嘲笑她那颗脆弱而愚蠢的心的，对吗？您会体恤她的，对吗？您想象得到，她是那么孤单，她不善于照看自己，不善于防止自己对您产生爱情，您会谅解她的，因为这毕竟不是她的过错……她什么也没有做！……哦，我的上帝，我的上帝……”

“娜斯简卡！”我再也抑制不住自己的激动，终于叫了起来，“娜斯简卡！您是在折磨我！您在刺我的心，您在要我的命，娜斯简卡！我不能再保持沉默了！现在我必须说，把我郁积在心中的话通通说出来……”

说着，我准备从长椅上站起来。她拉住我的胳膊，惊愕地望着我。

“您怎么啦？”她终于问道。

“听我说，”我毅然决然地说，“听我说，娜斯简卡！我下面要说的话全是妄想，全是无法实现的，全是愚蠢的！我知道这永远不可能发生，但我还是不能不说。考虑到您目前所忍受的痛苦，我预先恳求您原谅我！……”

“怎么啦，怎么啦？”她说时不哭了，直盯着我瞧，而在她惊讶的双目中却闪烁着异样好奇的眼神，"您怎么啦？"

"这是无法实现的，但我爱您，娜斯简卡！就是这么回事！好了，要说的尽在于此！"我说着把手一甩。"现在您就会明白，您是不是还能像刚才那样跟我说话，甚至今后是不是还能容我对您说话……"

"嗨，那又怎么啦，怎么啦？"娜斯简卡截断了我的话头，"那又怎么啦？我早就知道您爱我，不过我一直以为，您对我也就是那么单纯地、一般地喜欢罢了……啊，我的上帝，我的上帝！"

"起先确实是单纯的，娜斯简卡，可现在，现在……我正像当初您带着一个小包裹去找他的时候一样。甚至比您更糟，娜斯简卡，因为当时他并没有所爱的人，而您现在却有。"

"您这是在说些什么呀？我压根儿不明白您的意思。不过，我倒要问，这是要干什么，不，不是干什么，而是为什么您这样，这样突然地……上帝啊，我说的全是蠢话！可是您……"

娜斯简卡窘极了。她的两腮绯红，双目低垂。

"有什么办法呢，娜斯简卡，有什么办法呢？是我的过错，我辜负了……不，不，这不是我的过错，娜斯简卡，我感觉到这不是我的过错，因为我的心告诉我，我是对的，因为我决不会使您受委屈、受欺侮！过去我是您的朋友，现在还是您的朋友；我没有任何背信弃义的行为。瞧，现在我的眼泪正往下淌，娜斯简卡。让它们淌吧，让它们淌吧，眼泪对谁也没有妨碍。反正总会干的，娜斯简卡……"

"有话坐下来说，您坐下来嘛，"她说着要我坐在长椅上，"哦，我的上帝啊！"

"不！娜斯简卡，我不坐；我已不能继续待在这里，您已不能再看见我；我把话说完就走。我只想说，本来您永远不会知道我爱您。本来我想保守自己的秘密。本来此刻我也不会暴露自己的私心使您痛苦。不会！但我现在忍不下去了；是您自己开的头谈这件事，是您的过错，全怪您，不怨我。您不能把我撵走……"

"您说哪儿的话，我不撵您，不！"娜斯简卡说，一边尽其所能掩藏自己的窘态，真可怜。

"您不撵我？不！倒是我自己曾经想从您身边逃跑。我还是要走的，只是先得把话都说出来，因为刚才您在这儿说话的时候，我坐着实在沉不住气；刚才您在这儿流泪，伤心，是由于……是由于……（我还是实话实说，娜斯简卡，）是由于别人嫌弃您，拒绝了您的爱情，那时我觉得，我感到，我的心里却有那么多对您的爱。娜斯简卡，那么多的爱！……我因为自己不能用这种爱帮助您而痛苦万分……痛苦得心都碎了，于是我，我——不能再沉默下去，我必须说，娜斯简卡，我必须说！……"

"对，对！就这样对我说，就这样跟我说！"娜斯简卡做了一个莫名其妙的动作说，"我这样跟您说话，您也许觉得奇怪，可是……您说吧！回头我再告诉您！我把一切都告诉您！"

"您是看我可怜，娜斯简卡；您纯粹是看我可怜，我的好朋友！失去的已经失去了！说出了口的再也追不回来！可不是吗？就这样，现在您什么都知道了。这算是一个起点。好吧！现在这一切都挺好；不过您听着。刚才您坐在这里哭的时候，我心想（哦，让我把所想的说出来！），我想（这当然是不可能的，娜斯简卡），我想，您……我想，您会不会……出于某种完全不相干的缘由，再也不爱他了。那么，——这一点我昨天和前天都已经想过了，娜斯简卡，——那么，我就要，我一定要使您爱上我：您不是说过吗，娜斯简卡，您不是自己说，您差不多已经完全爱上我了？我还有什么要说的？我要说的差不多就是这么一些；剩下要说的只是：万一您爱上了我，那会怎么样，就是这一点，没别的！听我说，我的朋友，——因为您毕竟是我的朋友，——我当然是个不起眼的人，两手空空，无足轻重，不过问题不在于此（不知怎么的，我老是词不达意，这是心慌的缘故，娜斯简卡），可是我一定会这样爱您：即便您还爱他，即便您继续爱那个我不认识的人，您也不会发觉我的爱对于您是个累赘。我只会觉得，只会时时刻刻感到，在您身旁搏动着一颗感激的心，一颗炽热的心，它为您……哦，娜斯简卡，娜斯简卡！您可把我整苦了！……"

"别哭，我希望您别哭，"娜斯简卡说着很快地从长椅上站起来，"走，起来跟我一块儿走，别哭，别哭，"她说，一边用自己的手帕抹我的眼泪，"好了，现在我们走吧；我也许要对您说些什么……对，既然如今他撇下我不管，既然他把我忘了。尽管我还爱着他(我不愿欺骗您)……不过，您听着，您要回答我。比方说，如果我爱上了您，不，如果我只是……哦，我的朋友，我的朋友！我一想起那天让您受到的侮辱——那天我把您的爱拿来开心，还夸奖您没有坠入情网！……哦，上帝啊！我竟然没有预见到这一点，我是多么愚蠢哪，竟没有预见到……不过……反正我打定了主意，我要把一切全都告诉您……"

"听着，娜斯简卡，您知道我打算怎么办？我要离开您，这就是我的打算！否则我只能使您感到痛苦。眼下您在为嘲笑过我而受到良心的责备，可是我不愿，对，我不愿您在自己的不幸之外再……当然，都怨我，娜斯简卡，让我们分别吧！"

"等一下，听我把话说完；您不能等一下吗？"

"等什么？"

"我爱他；但这是会过去的，肯定会成为过去，不可能不成为过去；而且已经在过去，我感觉得到……也许今天就结束也难说，因为我恨他，因为他对我嗤之以鼻，而您却在这里跟我一起流泪，所以您不会像他那样嫌弃我，因为您爱我，可他并不爱我，因为，说到底，我自己也爱您……是的，我爱您！像您爱我一样地爱您；以前我自己就明明对您说过这话，您亲耳听到的，——我爱您，因为您比他好，因为您比他高尚，因为，因为他……"

可怜的姑娘实在太激动了，结果话没有说完，就把头靠在我肩膀上，然后偎在我胸前，悲切地哭了起来。我安慰她，劝她，可她就是止不住；她一个劲儿地握紧我的手，在阵阵抽噎的间隙中说："等一下，等一下；我马上就能止住！我要告诉您……对于这几滴眼泪您别介意——这不过是一时的脆弱，等这一阵过去以后……"最后，她总算止住哭泣，抹去眼泪，于是我们又往前走。我想要开口，可她总是要求我等一等，如此过了很久。我们谁也不作声……后来，她鼓足勇气开始说……

"是这样的，"她的音调先是微弱而且发颤，但里边忽然响起某种直接刺透我心房的激越之声，使人感到一阵甜蜜的隐痛，"您别以为我是那么善变和轻浮，别以为我那么轻易、那么快就会忘情和变心……我整整一年始终爱着他，我可以凭着上帝起誓，我从来没有对他不忠，连不忠的念头也从来没有产生过。他把这看得一文不值；他对我嗤之以鼻，——那就由他去吧！但他刺痛了我，伤了我的心。我——我不再爱他，因为我只能爱胸怀宽广、品德高尚、能了解我的对象；因为我自己是这样的人，所以他配不上我——那就由他去吧！与其到将来我的期望落了空，才认清楚他是这么个人，还是他现在这样做好些……好了，事情已经告终！但也许，我亲爱的朋友，"她握着我的手继续说，"也许，我的爱情整个儿就是一场幻觉，是想象的错乱，也许它是由胡闹和无聊的小事开的头，因为我处在奶奶的监督下，谁说得准呢？也许，我应当爱另一个人，不应当爱他这样的人，应当爱另一个会怜惜我的人，并且……得了，不谈这些，"娜斯简卡突然自己打断话头，她激动得气也喘不过来，"我只想对您说……我想对您说，如果您不计较我爱着他（不，应该说爱过他），如果您不计较这一点，仍然表示……如果您觉得您的爱是如此博大，最终足以把过去的爱情从我心中挤出去……如果您愿意对我表示怜悯，如果您不愿撇下我一个人听天由命，得不到安慰，看不见希望，如果您愿意永远像现在这样爱我的话，那么，我起誓，我的感激之心……我的爱情最终是不会辜负您的爱情的……现在您愿意要我吗？"

"娜斯简卡，"我大叫一声，呼吸几乎被呜咽梗阻，"娜斯简卡！……哦，娜斯简卡！……"

"好了，好了！现在完全足够了！"她勉强克制着自己说，"这下所有的话都已经说完；难道不是吗？啊？瞧，您也高兴，我也高兴；再也别提这件事，一个字儿也别提；您就等待一会儿；算是瞧我可怜……看在上帝分上，随便谈点儿旁的什么吧！……"

"对，娜斯简卡，对！这事儿谈够了，现在我挺高兴，我……那么，娜斯简卡，我们就谈点儿旁的什么吧，快，快开始谈；对！我准备好了……"

我们不知道谈什么好，我们笑，我们哭，我们说了千言万语，可都是东拉西扯、毫无意义的话；我们一会儿在便道上走，一会儿忽然往回走，开始穿过马路；后来又停下，重新回到堤岸上；我们就像小孩子一样……

"我现在一个人生活，娜斯简卡，"我说，"而明天……自然喽，您也知道，娜斯简卡，我很穷，我总共只有一千二，不过这无所谓……"

"当然无所谓，而奶奶有一笔养老金；她不会加重我们的负担。一定不能把奶奶撂下。"

"自然，一定不能把奶奶撂下……只是玛特辽娜……"

"哦，对了，我们也有菲奥克拉！"

"玛特辽娜心地挺好，只是有一个缺点：她缺乏想象力，娜斯简卡，完全没有想象力；不过这无所谓！……"

"反正都一样；她俩可以待在一起；那您明天就搬到我

们那里去。"

"怎么？到你们那里去！好，我同意……"

"对，您就做我们的房客。我们那儿的房屋上面有一个顶楼；眼下正闲着；本来是一个贵族老太婆住的，她搬走了，我知道奶奶想招一个年轻人进来；我说：'干吗非要赁给年轻人？'她说：'是这样的，我已经老了，不过，娜斯简卡，你别以为我打算把你嫁给他。'我猜想，她其实确有这样的打算……"

"啊，娜斯简卡！……"

于是，我们俩都笑了。

"好了，好了。那么，您住在哪儿？我都忘了。"

"在——桥附近的巴兰尼可夫大楼里。"

"就是那幢老大的房子？"

"对，是老大的房子。"

"啊，我知道，那房子挺好的；不过，您还是把那里退了，赶快搬到我们那儿去……"

"明天就搬，娜斯简卡，明天就搬；我那里还欠一点房租，这没什么……我很快就要领薪水……"

"我也许可以教教课；等我自己学成了，然后再去教别人……"

"那真是太好了！……我不久便可以得到一笔奖金，娜斯简卡……"

"那么，明天您就做我的房客……"

"是的，我们要去听《塞维利亚的理发师》，因为这出戏很快又要上演了。"

"对，一定去，"娜斯简卡一边笑，一边说，"不，我们最好不要去听《理发师》，还是换别的什么……"

"好，那就换别的什么；当然，这样更好，我怎么没有想到这一层……"

我们这样一边交谈，一边仿佛两个人都走在烟雾之中，自己也不知道是怎么回事。我们时而停住脚步，站在一个地方谈上好久，时而又漫无目的地信步走去，并且又是笑声，又是眼泪……一会儿娜斯简卡忽然要回家，我不敢强留，想送她到家门口；我们踏上归途，一刻钟后忽然发现又来到了堤岸上我们的长椅旁边。一会儿她发出一声叹息，泪水重新涌上眼眶；我心里发慌，身子凉了半截。……但她旋即握紧我的手，拉着我又继续走，一路东拉西扯地说个没完……

"现在我该回家了；我估计时间已经很晚，"娜斯简卡终于说，"我们别再耍小孩子脾气了！"

"说得对，娜斯简卡，不过今儿个我可没法睡着；我不想回家。"

"我大概也睡不着；那您就送送我……"

"一定照办！"

"不过这一回一定得走到家门口。"

"一定，一定……"

"能保证吗？……因为迟早总得回到家里去！"

"保证。"我笑着回答……

"好，那就走吧！"

"走。您看看天上，娜斯简卡，瞧！明天准是好天气；多么蓝的天，多美的月亮！您瞧：那块黄颜色的云马上要把月亮遮起来了，看哪，看！……不，云从旁边飘了过去。您看哪，看！……"

可是娜斯简卡并不看天上的云，她默默地站着，一动也不动；隔了片刻，她开始像是不好意思地向我身边愈挤愈紧。她的手开始在我掌中哆嗦；我望着她……她向我贴得更近了。

正在这个当儿，一个青年男子打我们身旁经过。他突然停下来，定睛对我们看了看，然后又走了几步。我的心开始在胸腔里发抖……

"娜斯简卡，"我压低了嗓门说，"娜斯简卡，那个人是谁？"

"是他！"她悄悄地回答，同时向我挨得更近，并且哆嗦得更厉害……我好容易才站稳。

"娜斯简卡！娜斯简卡！是你呀！"声音从我们背后传来，在这同时，那个年轻人朝我们这边走了几步……

天哪，这是一声什么样的喊叫！她蓦地一震，冲出我的臂抱，迎着他飞了过去！……我站在那里望着他们，就像遭到雷殛一般。但她刚向年轻人伸出一只手，刚投入他的怀抱，忽然又向我转过身来，像一阵风、一道电光似的出现在我跟前，我还没来得及清醒过来，她就用两条胳臂搂住我的脖子，紧紧地、热烈地吻了我一下。接着，她一句话也不说，重又跑到年轻人身旁，拉住他的双手，带着他走了。

我久久地站在那里目送着他们……最后，他俩都从我的视野中消失。

早　晨

我的白夜是在清晨结束的。这一天的天气不好。雨下个不停，敲着我的窗子添人愁绪；小房间里暗沉沉的，外面阴霾霾的。我的头又痛又晕；一阵阵寒热正在潜入我的肢体。

"有您的信，先生，是市里的邮差送来的。"玛特辽娜站到我身旁说。

"信！谁寄来的？"我发出一声叫喊，从椅子上蹦起来。

"不知道，先生，拿去看吧，兴许上面写着是谁寄的。"

我拆开封口。是她写来的!

娜斯简卡在给我的信上写道:

　　哦,原谅我,原谅我吧!我跪下来求您,原谅我
吧!我欺骗了您,也欺骗了自己。这是一场梦,是空虚
的幻象……今天我为您苦恼了一天;原谅我,原谅我
吧!……

　　别指责我,因为我对您的心丝毫没有变;我说过,
我将爱您,现在我就爱您,不同寻常地爱您。哦,上帝
啊!倘若我能同时爱你们两个该多好!哦,倘若您是他
该多好!

"哦,倘若您是他该多好!"我头脑里掠过这么一句。
我可记起了你说过的话,娜斯简卡!

　　上帝可以作证,现在我为您什么都愿意做!我知
道,您感到难受、忧伤。我伤了您的心,可是您知道,

对于所爱的人能长久怀恨吗？而您是爱我的！

谢谢！是的！谢谢您的这份爱。因为这爱已印在我的记忆中，像一个甜蜜的美梦，醒过来以后还久久不能忘怀；因为我将永远记住那一刻，当时您情深如手足一般地向我敞开了您的心，并且如此慷慨地接受我奉献的一颗破碎的心，准备加以爱护、抚慰，治愈它的创伤……如果您能原谅我，那么，在我心中永不磨灭的对您的感激之情，将大大加深我记忆中对您崇敬的怀念……我要把这种怀念珍藏起来，并将忠于它，决不背弃它，决不变心，因为我的心太坚定了。这颗心昨天还那么迅速地回到了它永远归属的那个人身边。

我们会见面的，您要来看我们，您不会把我们抛弃，您将永远是我的朋友、兄长……您见到我的时候，一定会向我伸出手来的……对不对？您一定会向我伸出手来，您一定会原谅我的，难道不是吗？您还**跟以前一样**爱我吗？

哦，爱我吧，不要抛弃我，因为此刻我是那么爱

您，因为我决不会辜负您的爱，因为我要使自己无愧于您的爱……我的亲爱的朋友！下星期我将同他结婚。他是怀着爱情回来的，他始终未曾把我忘记……您别为了我在信上提到他而生气。但我想和他一起去看您；您会喜欢他的，**难道不是吗**？……

原谅我们，别忘了并且要爱您的

娜斯简卡

我把这封信反复读了很久；眼泪急欲夺眶而出。最后，信从我手中跌落，于是我捂住自己的脸。

"哥儿！我说，哥儿！"玛特辽娜开腔了。

"什么事，老婆子？"

"我把天花板上的蜘蛛网都掸去了；这下你娶媳妇儿也罢，请客也罢，都正是时候……"

我对玛特辽娜看了一下……这是一个精力还相当充沛的年轻老太婆，但不知什么缘故，在我看来她一下子显得眼睛暗淡无神，脸上皱纹纵横，弯腰曲背，老态龙钟……

不知什么缘故，我突然觉得我的房间像玛特辽娜一样变老了。墙壁和地板油漆剥落，一切都黯然失色，蜘蛛网结得更多了。不知什么缘故，当我向窗外望出去的时候，我觉得对面的一座房屋同样老态毕露，毫无光彩，廊柱上的灰泥剥蚀脱落，屋檐发黑开坼，墙壁由鲜明的深黄色变成斑驳的杂色……

或许是阳光突然从云层后面探头看了一下，又躲到雨云背后去了，于是一切又在我眼睛里黯然失色；或许是我未来的整个前景在我眼前如此凄凉地一闪，于是我看到了我现在的光景，即过了整整十五年变老了以后的模样，还是在那个房间里，还是光棍一条，还是和玛特辽娜打交道，而她这些年来丝毫也没有变得聪明些。

可是，要我记恨，要我往你——娜斯简卡——如碧空晴天般的幸福上面围赶一块乌云，要我痛责之余让你的心蒙上一层忧伤，暗中忍受内疚的刺痛，在欣悦的时刻夹着悲哀跳动，要我把你跟他一起走向圣坛时插在黑色鬈发中的那些娇艳的鲜花揉碎，哪怕只是其中的一朵……哦，决不，决不！

愿你的天空万里无云；愿你那动人的笑容欢快明朗、无忧无虑；为了你曾经让另一颗孤独而感激的心得到片刻的欣悦和幸福，我愿为你祝福！

我的上帝！那是足足一分钟的欣悦啊！这难道还不够一个人受用整整一辈子吗？……

图书在版编目(CIP)数据

白夜/(俄罗斯)陀思妥耶夫斯基著;荣如德译.
—上海:上海译文出版社,2013.4(2025.9重印)
(译文经典)
ISBN 978 - 7 - 5327 - 6059 - 6

Ⅰ.①白… Ⅱ.①陀… ②荣… Ⅲ.①中篇小说-俄
罗斯-近代 Ⅳ.①I512.44

中国版本图书馆 CIP 数据核字(2013)第 031100 号

Ф. М. Достоевский

БЕЛЫЕ НОЧИ

本书根据 Собрание сочинений в 10-и томах, т. II ГИХЛ, Москва,1956 年版本译出

白夜

〔俄〕陀思妥耶夫斯基 著 荣如德 译
责任编辑／吴健平 装帧设计／张志全工作室

上海译文出版社有限公司出版、发行
网址:www.yiwen.com.cn
201101 上海市闵行区号景路159弄B座
山东韵杰文化科技有限公司印刷

开本 787×1092 1/32 印张 4 插页 5 字数 40,000
2013 年 4 月第 1 版 2025 年 9 月第 18 次印刷
印数:64,001—69,000 册

ISBN 978 - 7 - 5327 - 6059 - 6
定价:32.00 元